宮本輝

人間のあたたかさと、生きる勇気と。

高志の国文学館
姫路文学館 編

北日本新聞社

「特別展　宮本輝」に寄せて

宮本輝

十月十四日から富山県立高志の国文学館において「特別展　宮本輝」が催されることになりました。

なんだか凄いことになったなと、くらいに考えていたのですが、多くの出版社の方々から、これはじつに稀なことだと教えられて、感情

な自分の迂闊さを恥じています。

画家や陶芸家などの個展の開催は多いが、小説家の特別展というようなものは、すでに物故した大作家に限られていて、現役としていまも書きつづけている作家の来歴や創作活動の様子や仕事に使う文房具などを展示する特別展を高志の国文学館という権威ある立派な場所で行われるなどということは有り得ない、とまで教えてくれた出版人もいます。

その教え方は、この迂闊な宮本輝という作家を叱っておかなければならないという親分

宮本輝用箋

かの憤慨も混じっていました。

父はいまから六十年前（昭和三十二年）、中古車販売業を興すために妻子を伴って富山に新天地を求めました。十歳の私は大阪の歓楽街のど真ん中にある曾根崎小学校から富山市立八人町小学校に転校しました。しかし、地方都市の富山では、まだ自動車の時代が来ていなかったのです。そこから父と母の苦闘が始まるのですが、小学四年生の私はすっかり「富山の子」となって、いたち川の畔を走り廻って遊んでいました。

富山での生活は一年弱で終わったのですが、数十年後に富山とこれほどに深いつながりが生まれることなど想像もしていませんでした。

特別展の開催を、どれほど両親が喜んでくれていることでしょう。高志の国文学館のお陰で、七十歳になってやっと私は親孝行できたのです。特別展のためにご尽力下さった多くの方々に衷心より感謝申し上げます。

宮本輝用箋

宮本輝の書斎

伊丹書斎

「シェーファー」製 中細用万年筆

太宰治賞授賞式の日にお祝いにもらった万年筆。「なぜかとても書きやすく、一字書いた瞬間から、もう何年も使ってきたような気がした」（「インクと万年筆」）。「道頓堀川」「青が散る」「錦繍」といった作品はみなこのシェーファーの中細用の万年筆で書いたという。

「ペリカン」製 極太用万年筆

「ドナウの旅人」を書き終えた後、ドイツに住む友人が贈ってくれた万年筆。「字の太さといい、掌《てのひら》への納まり具合といい、まさに永遠の伴侶とめぐり合ったかのよう」（「インクと万年筆」）だったという。

「丸善」製 復刻版万年筆

「ペリカン」の次に使った万年筆。キャップリングには、「MARUZEN」の刻字がある。

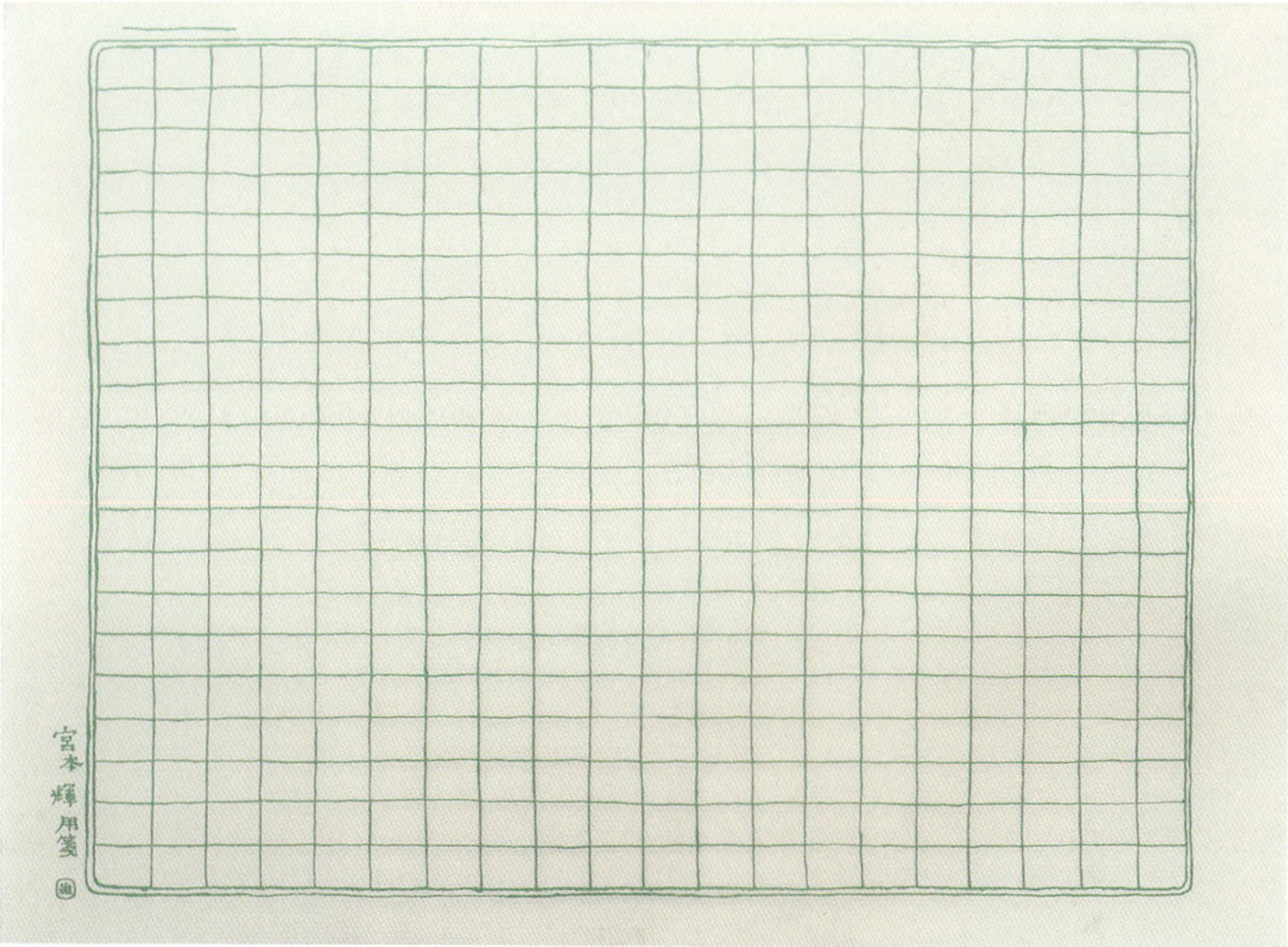

宮本輝用箋

イラストレーター赤井稚佳《ちか》による特別あつらえの原稿用紙。手漉《す》きの和紙で、裏に滲《にじ》まないように工夫されている。定規を使わずに直筆で罫線が引かれ、左下には赤井による「宮本輝用箋」の文字が入っている。

「万年筆博士」製 万年筆

鳥取市内にある万年筆専門店「万年筆博士」にオーダーメイドしたもの。筆圧やペンの握り方などを考慮してつくられており、すぐに手になじんだという。

「セーラー」製 万年筆

「セーラー」は国産万年筆の老舗メーカー。ワープロ原稿に切り替える近年まで愛用していた。

「オマス」ボトルインク（セピア色）

インクの色は、セピアとグリーンとブルーブラックを、そのときの気分で使い分けるという。

宮本輝の書斎

ヘレンドの
ブロッターと小物入れ、
マイセンのペン入れ
(左上から)

友人からの贈りもの。机の
一角に置かれている。

筆・墨(小)・墨(大)・硯《すずり》・水差し

筆・墨(小)は画家の坂上楠生から。墨(大)
は作家の黒井千次から。硯は日本で求めた
端渓《たんけい》。水差しは主治医の後藤氏から。

軽井沢書斎

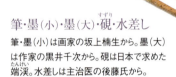

宮本 輝——人間のあたたかさと、生きる勇気と。

昭和五十二年（一九七七）に、デビュー作「泥の河」で太宰治賞を受賞、その翌年に「螢川《ほたるがわ》」で芥川龍之介賞を受賞した宮本輝は、現代の最も優れたストーリーテラーの一人として、現在活躍中の作家です。「優駿」や「骸骨ビルの庭」をはじめ、ライフワークである「流転の海」シリーズ、「錦繍《きんしゅう》」「青が散る」「星々の悲しみ」、エッセイ集『二十歳の火影』『命の器』や紀行『ひとたびはポプラに臥す』など、これまで四十年間にわたる作家活動の中で、多くの優れた作品を世に送り出してきました。

その宮本輝作品の数々は、巧みなストーリー展開とともに、鮮やかな人物描写と細やかな情景描写によって、読む者の心に深い感動と喜び、希望を呼び起こし、幅広い層の読者を魅了し続けています。

本書は、特別展「宮本 輝——人間のあたたかさと、生きる勇気と。」（平成二十九年 高志の国文学館、平成三十年 姫路文学館）の解説図録であり、また、作家・宮本輝についてのガイドブックとなるよう構成したものです。

ここでは、宮本輝作品に造詣の深い方々から寄稿を得て、魅力に満ちた作家・宮本輝の世界をわかりやすく解説します。「人間が生きること」とはどういうことなのか——人とは何か、生きるとは何か、生きる上で大切なことは何かという、宮本輝作品に通底する、人生に対する深い洞察について、その旺盛な創作活動によって生み出されてきた豊饒《ほうじょう》な作品世界をひもときながら解き明かします。また、この世間でさまざまに綾《あや》なす人生に光を当て、人間の内なる心と他者との交流を映し出すとともに、困難や苦悩を抱えながらも前進する生身の姿を描く宮本輝作品の魅力を紹介します。そこには「人間のあたたかさと、生きる勇気」が満ち溢《あふ》れているに違いありません。

平成二十九年十月

高志の国文学館
姫 路 文 学 館

凡例

＊特別展の開催および図録の作成には、宮本輝および追手門学院大学附属図書館 宮本輝ミュージアムの協力を得ました。
＊本書は､目次にお名前を記した方々のご寄稿を得て､作品解説の一部は玉田克宏（姫路文学館学芸課長）、生田美秋（高志の国文学館事業部長）、三津島淳（高志の国文学館事業課長）、大川原竜一（高志の国文学館主任・学芸員）が担当し、その他は菅田智雄（高志の国文学館主任・学芸員）が執筆しました。
＊本書の編集には、北日本新聞社および北日本新聞開発センターの協力を得ました。
＊特別展の企画立案、展示構成および本書の企画構成は、生田美秋が統括し、菅田智雄が担当し、大川原竜一が補佐しました。
＊本書は、独立した読みものとして親しみやすい内容となるように構成したため、本書の項目は、必ずしも特別展の展示構成とは一致していません。
＊本書に掲載した作品解説・図版と、特別展会場における展示資料は、一部異なる場合があります。
＊絵画作品、その他の展示資料の写真撮影は、アーガス・フォト・スタジオの赤羽仁諭氏によります。
＊本書の一部または全部を許可なく複製することを禁止します。

■特別展「宮本　輝――人間のあたたかさと、生きる勇気と。」
◎平成二十九年（二〇一七）十月十四日（土）～十二月四日（月）
　高志の国文学館〔主催　高志の文学館　共催　北日本新聞社〕
◎平成三十年（二〇一八）十一月十日（土）～平成三十一年（二〇一九）一月二十七日（日）〔予定〕
　姫路文学館
今回の特別展に際しては、各機関・個人のご協力を得ました。巻末に記し、感謝の意を表します。

【目次】

宮本 輝

Miyamoto Teru

人間のあたたかさと、生きる勇気と。

宮本輝 珠玉のフレーズ集

人間

運の悪い人は、運の悪い人と出会って
つながり合っていく。

やくざのもとにはやくざが集まり、へんくつな人はへんくつな人と親しんでいく。
心根の清らかな人は心根の清らかな人と、山師は山師と出会い、そしてつながり合っていく。
じつに不思議なことだと思う。〝類は友を呼ぶ〟ということわざが含んでいるものより、
もっと奥深い法則が、人と人との出会いをつくりだしている
としか思えない。（中略）
「出会い」とは、決して偶然ではないのだ。（中略）どんな人と
出会うかは、その人の命の器次第なのだ。

「命の器」より

優れた「物」の価値を解せない人は、
「他者」をも粗末にする

「物」を見る目というのは、人間を見る目でもある。
ようになっていくのだ。

「三十光年の星たち」より

人間は生まれた瞬間から、
その人だけしか彫れない
何かを彫りつづけている
のかもしれない。

『水のかたち』より

まず運がいい人間でなければならない。しかし、
運がいいだけでは駄目だ。もうひとつ
愛嬌がなければいけない。

「ここに地終わり　海始まる」より

あたたかさ

私は結核で入院したとき、文化とはいったい何だろうと考えたことがある。私は、文化とは、人間を愛することだと思った。(中略) 文化国家とはやさしい人々によって成り立つ国であって、電気器具や武力の完備された国ではない。

「潮音風声」より

「優しくなったらいいんだよ。優しく、優しく、人間がみんな、やさしーくなったら、それでいいんだ。そうなったら、世の中の難しい問題なんて、みんな解決するぜ」

「アルコール兄弟」より

相手の
ささやかな欠点によって、
こいつ嫌いやと
断絶するんじゃなくて、
そんな些細な欠点は
自分で飲み込んでしまって
相手を認められたとしたら、
大きな宝物と
なるんじゃないか。

『人生の道しるべ』より

どのような父であろうとも、
父から放たれているものは
蛍光灯の白々とした光ではないようだ。
その光度に強弱はあっても、
父たちが放つものは、
家のなかのあちこちどころではなく、
子の人生にも絶妙な陰翳《いんえい》を深く刻む
自然光だと言えるかもしれない。

『父のことば』より

生きる

気魄。確信。

それは不可能をも可能にする不思議な作用を人間にもたらすのであろう。

「潮音風声」より

私たちは、
ときに死
という形を
とったり、
ときに生
という形を
とったりはする。

けれども、
私たちの
根幹を為す生命に
消滅
というものはない……。

「三つの〈初めにありき〉」より

人間、五十年も生きると、いろんなことが起きます。
そのときは大したことではないと思うことが、あとになれば
とんでもないタイトロープをよく渡ったなという出来事であったり、
逆に、断崖絶壁に立っていると感じたことが、いま思えば
大した崖でもなかったり。そういうことがだんだんと
積み重なって、地層を作る。まるで、
経験のバウムクーヘン
とでも言えばいいかな。

『人生の道しるべ』より

悪いことが
起こったり、
うまくいかない
時期がつづいても、
それは、思いもかけない
「いいこと」が突如として
訪れるために必要な前段階だ
と信じられるようになったのだ。

「パニック障害がもたらしたもの」より

勇気

強気でなければできない退却
というものもあるのだ。
強気にならなければ掲げられ
ない白旗があるのだ。

「草原の椅子」より

私の生と死への思考の問題は、
あるとき「自然」とか「風景」とか
人間そのものの
真の美しさに向かって
一歩を踏み出した。
生きよう、
すばらしい小説を書こうという
死に物狂いの一念が
私にもたらした
最初の宝物だった。

「パニック障害がもたらしたもの」より

「人間には、勇気はあるけど辛抱が足らんというやつがいてる。希望だけで勇気のないやつがおる。勇気も希望も誰にも負けんくらい持ってるくせに、すぐにあきらめてしまうやつもおる。辛抱ばっかりで人生何にも挑戦せんままに終わってしまうやつも多い。勇気、希望、忍耐。この三つを抱きつづけたやつだけが、自分の山を登りきりよる。どれひとつが欠けても事は成就せんぞ。」

「春の夢」より

小説とは人に勇気を与えるものじゃないかと考えるようになった。「おれももうちょっと頑張ってみようか」と思わせる不思議な感動や、喜び、希望、夢。人生だからいろいろなことが起こるが、その中で何とか幸せを探してゆく意思だとか決意を与えられる唯一の芸術は、文学じゃないかと思った。

1994年９月22日付「北日本新聞」より

作家の肖像

幅広い読者を魅了し、読む者の心に深い感動と喜び、希望を呼び起こしてきた作家・宮本輝。その作品の面白さを読み解く鍵は、彼自身の生い立ちにこそあると言える。ここでは、彼の作家への道のり、そして作家としての歩みを、スナップ写真でつづってみたい。きっと作家・宮本輝の素顔が見えてくることだろう。

パキスタン・フンザ

平成7年（1995）6月
シルクロードを取材旅行
パキスタン・フンザにて

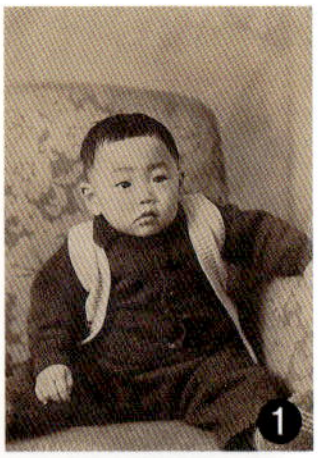

❶1歳の宮本輝
❷2歳誕生日 父と
❸4歳誕生日 母と
❹小学校4年生 明石の海水浴場にて
❺小学校4年生の夏 富山にて
❻高校2年生の夏 友人と旅行した伊豆・天城山中で
❼大学1年生の夏白馬でのテニス合宿にて 左から2人目が宮本輝

❽ 23歳頃 広告代理店勤務時代、
剃刀のCMのリハーサルでモデルになる

❾ 昭和47年（1972）9月 妙子さんと結婚

❿ 昭和52年（1977） 太宰治賞贈呈式記念パーティー

⓫ 昭和53年（1978）2月 芥川龍之介賞授賞式（文藝春秋提供）

⓬ 昭和54年（1979）5月 結核療養の病院から退院した日の宮本

⓭ 昭和55年（1980） 軽井沢にて 母が癌の手術を終えて退院した日

⓮ 昭和57年（1982）10月「ドナウの旅人」取材
ドイツ・レーゲンスブルクにて、作家・池上義一と

⓯ 昭和58年（1983）5月 ギリシア・サントリーニ島にて

⑯昭和61年（1986）2月
「愉楽の園」取材旅行 タイ・バンコクにて
⑰昭和63（1988）10月
トルコ・イスタンブールにて ガラタ橋の上
⑱愛犬〝マック〟と一緒に
⑲平成元年（1989）4月
エジプト ピラミッドの前にて
⑳平成4年（1992）6月
アラスカにて 後方の熊を指さして
㉑平成7年（1995）6月
シルクロード取材旅行 スバシ故城にて
㉒文豪も孫の前では好好爺

16

20

18

17

21

19

22

近影

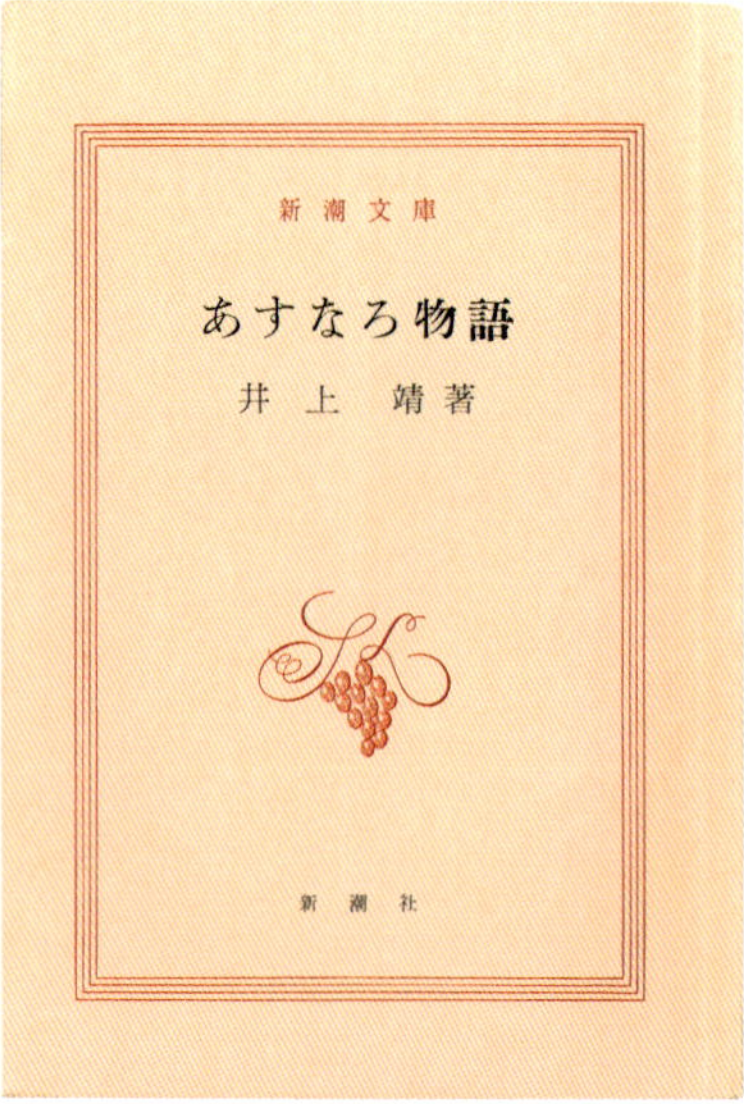

井上靖『あすなろ物語』

中学校2年生のときに、両親のいさかいから逃れるように、毎夜押し入れの中で読みふけったのが本作品。「初めて接した文学の世界に、私は言葉に尽くせぬほど感動し陶酔した」(「青春の始まりの日」)という。この作品との出会いをきっかけに、読書に熱中していくことになる。

大阪府立中之島図書館

中学時代に足繁く通った図書館。「何月何日までに、書架のここからあそこまでを読了してみせようなどと計画をたて」(「青春の始まりの日」)、文学作品を読み進めていったという。短編小説「星々の悲しみ」はここを舞台にした作品である。

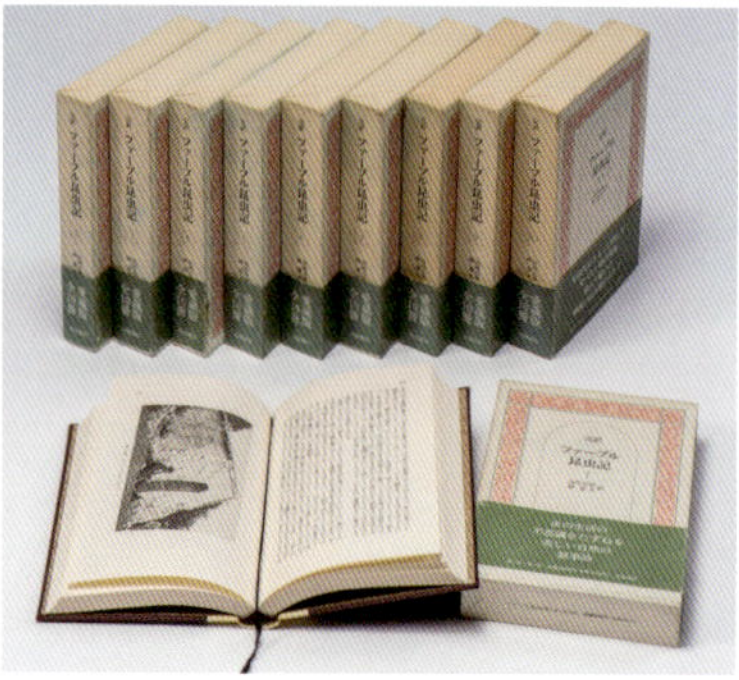

『ファーブル昆虫記』

中学生の頃からの愛読書。今も仕事で行き詰まったり、妙に寂しい夜や気持ちがざわめく日に手に取るという。

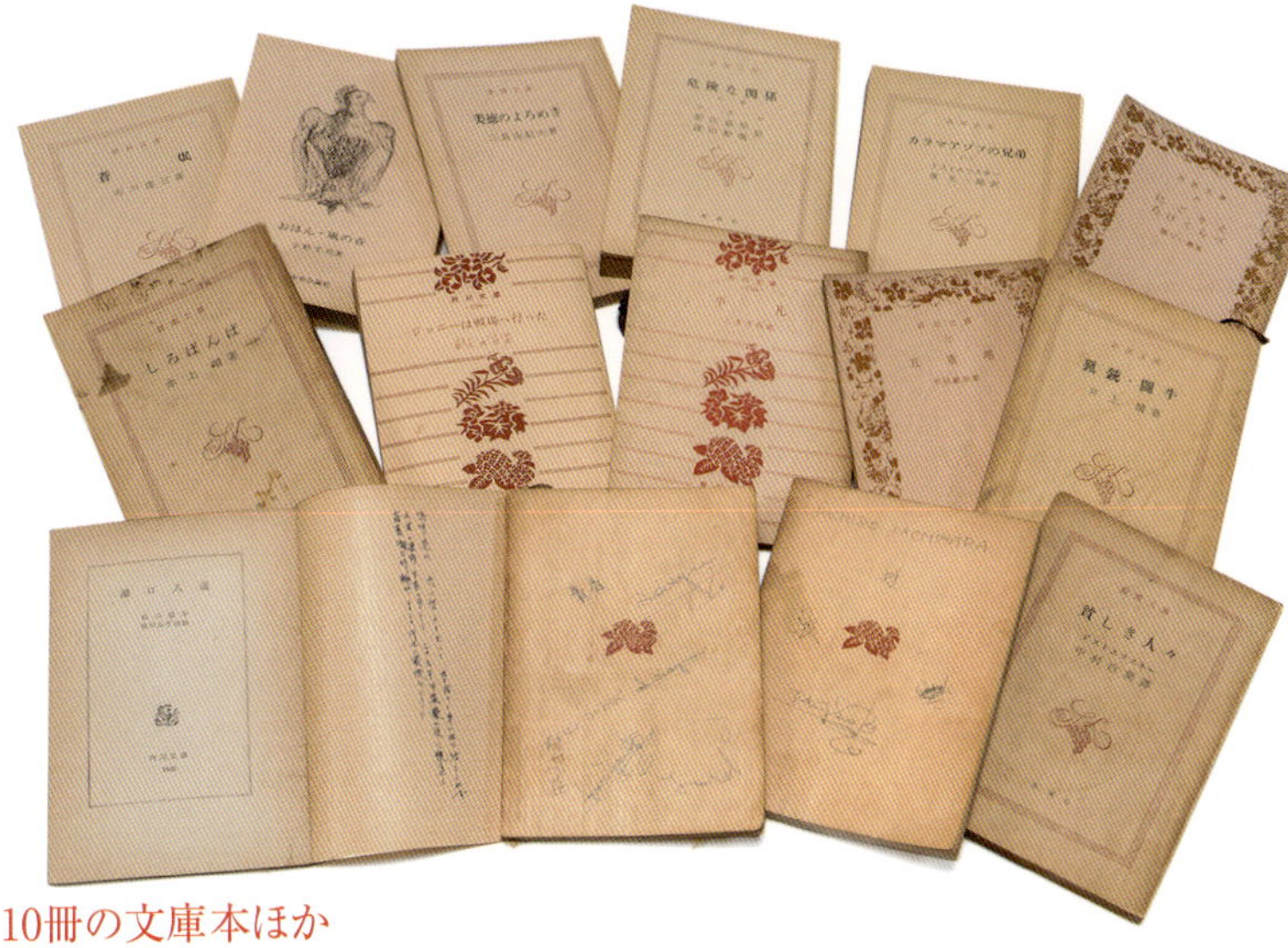

10冊の文庫本ほか

梅田の商店街の道端に、文庫本が10冊ずつ一組に紐で束ねられ、15、6束並べて売られていた中から、10冊を選び、母にねだって買ってもらったもの。レマルク「凱旋門《がいせんもん》」、ドストエフスキー「貧しき人々」、カミュ「異邦人」、ダビ「北ホテル」、石川達三「蒼氓《そうぼう》」、高山樗牛「滝口入道」、樋口一葉「たけくらべ」、三島由紀夫「美徳のよろめき」、井上靖「猟銃・闘牛」、徳田秋声「あらくれ」の10冊。「私が中学校二年か三年の終りにかけて、それら十冊の文庫本を何度も読み返したことは、何か不思議な天恵であると同時に宿命でもあったのだと思えてならないのである。私はなんと見事に名作ばかり選びだしたことであろう。なんと見事に、かたよった読書からまぬがれ得たことだろう。そしてなんと見事に、最も純粋で吸収力の強い年代に、それらとめぐり合ったことであろう。」(「十冊の文庫本」)
※写真は、10冊の文庫本の一部と後に買い足したもの。

愛用のテニスラケット

大学卒業後に使っていたテニスラケット。木製フレーム中央には、宮本の署名がある。

『追手門学院大学 第一期生卒業アルバム 一九七〇』
『追手門学院大学 第二期生卒業アルバム 一九七一』

(追手門学院大学附属図書館 宮本輝ミュージアム所蔵)

宮本は追手門学院大学在学中、体育会テニス部に入部して活動した。『第一期生卒業アルバム』のテニス部員の集合写真には若き日の宮本の姿がある。また『第二期生卒業アルバム』に掲載される大学の全景写真には、宮本らがつくったとされるテニスコートが見える。学生時代のテニスの思い出は、「青が散る」に反映されている。

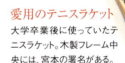

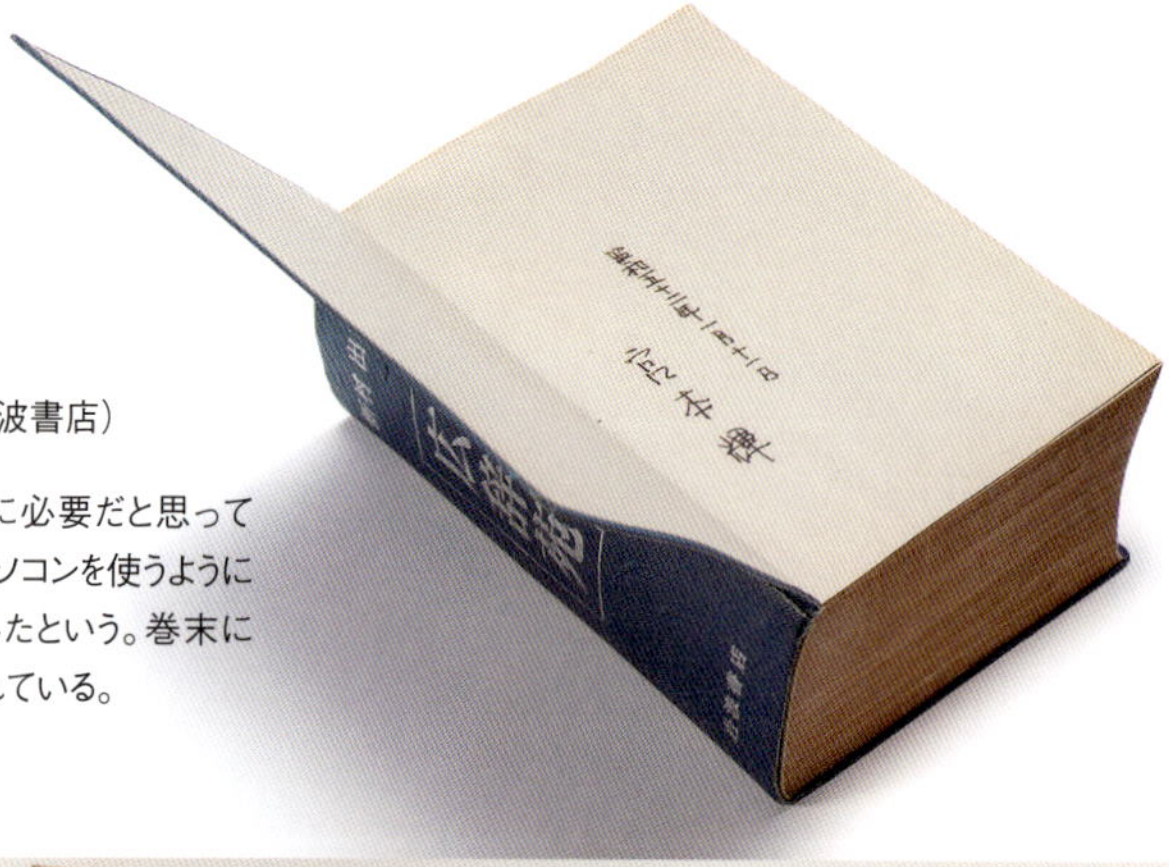

『広辞苑』

（1975年　岩波書店）

作家になるのに必要だと思って買ったもの。パソコンを使うようになるまで愛用したという。巻末には署名が記されている。

吉野せい『洟《はな》をたらした神』

（1975年　弥生書房）

小説を書くことに行き詰まるときまって読み返したのが本作品。「文章というものの秘密を、その決して明らかにはならぬ極意」（「不思議な花火」）を、本作品から学んだという。

池上義一『こうとりぼう』

（2002年　宮本輝）

作家・池上義一（1918–1992）の遺稿を単行本として出版したもの。池上には、主宰の文芸同人誌「わが仲間」に誘われ、小説の書き方を教わった。池上は、ペンネーム「宮本輝」の命名者でもある。

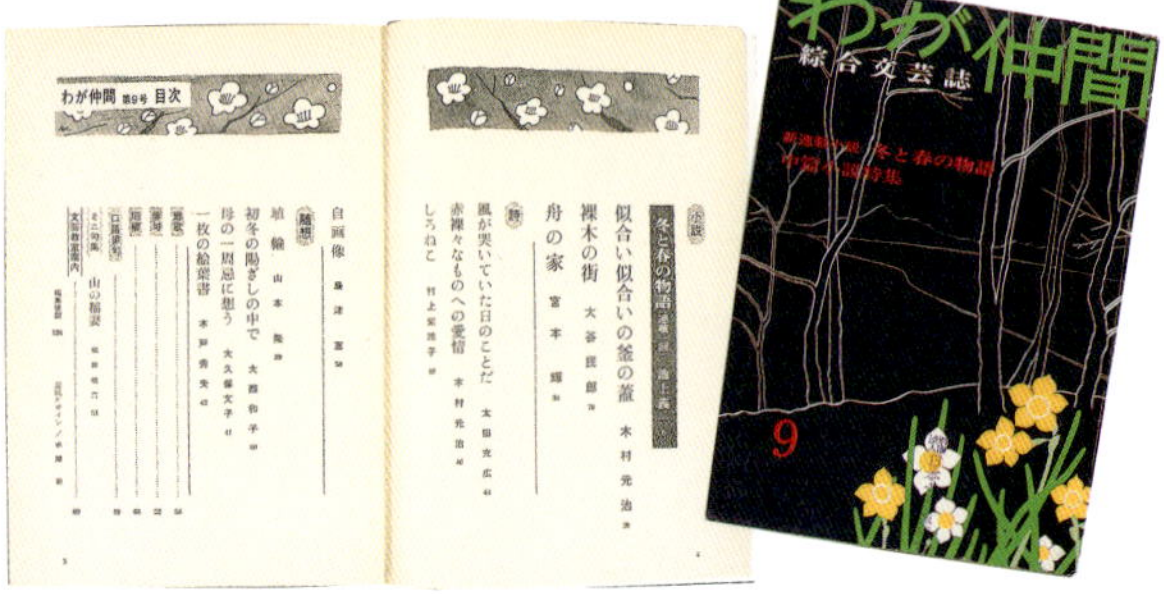

文芸同人誌「わが仲間」第9号（1977年1月）

「泥の河」が、原題である「舟の家」で収録されている。

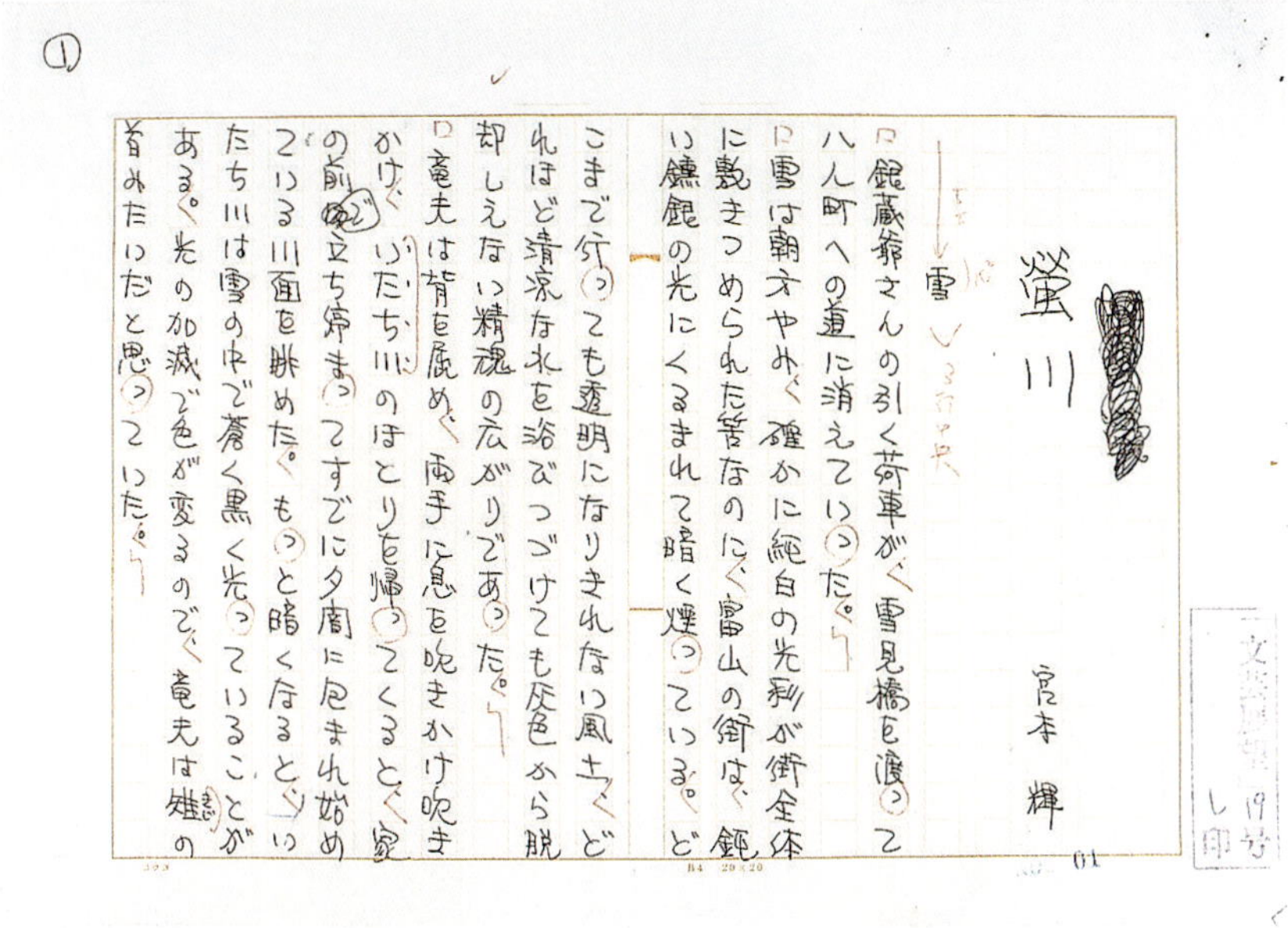

①

螢川

宮本　輝

口銀蔵爺さんの引く荷車が雪見橋を渡って八人町への道に消えていった。

口雪は朝方やみ、確かに純白の光彩が街全体に敷きつめられた筈なのに、富山の街は鈍い鉛色の光にくるまれて暗く煙っている。どこまで行っても透明になりきれない風土と、どれほど清涼な水を浴びつづけても灰色から脱却しえない精魂の広がりであった。

口竜夫は背を屈め、両手に息を吐きかけ吹きかけ、いたち川のほとりを帰ってくると、家の前に立ち停まってすでに夕闇に包まれ始めている川面を眺めた。もっと暗くなると、いたち川は雪の中で蒼く黒く光っていることがある。光の加減で色が変るので、竜夫は雄の着みたいだと思っていた。

「螢川」直筆原稿（日本近代文学館蔵）

「螢川」冒頭部分の原稿。校正刷りの段階で加筆修正され、昭和52年（1977）、「文芸展望」第19号に掲載された。

芥川龍之介賞正賞
懐中時計
（追手門学院大学附属図書館
宮本輝ミュージアム寄託）
昭和53年（1978）、「螢川」で第78回芥川龍之介賞受賞を記念して贈られた。裏面には、「贈　宮本 輝君」と銘記されている。

JRA賞馬事文化賞トロフィー

「JRA賞馬事文化賞」は昭和62年(1987)に制定。競馬文化に貢献したとして、「優駿」が、その第1回受賞作となった。

ミノルタ製フィルムカメラ

愛用していたフィルムカメラ。

エーゲ海の壺《つぼ》

書斎にある壺。友人がギリシャから運んでくれたお土産。「エーゲ海の壺を見ていると、何かの短篇小説が書けそうな気がする。気がするだけで、私にはまだ具体的なものは膨らんでこない。にもかかわらず、必ず書けそうに思えてならない。」(「エーゲ海の壺」)

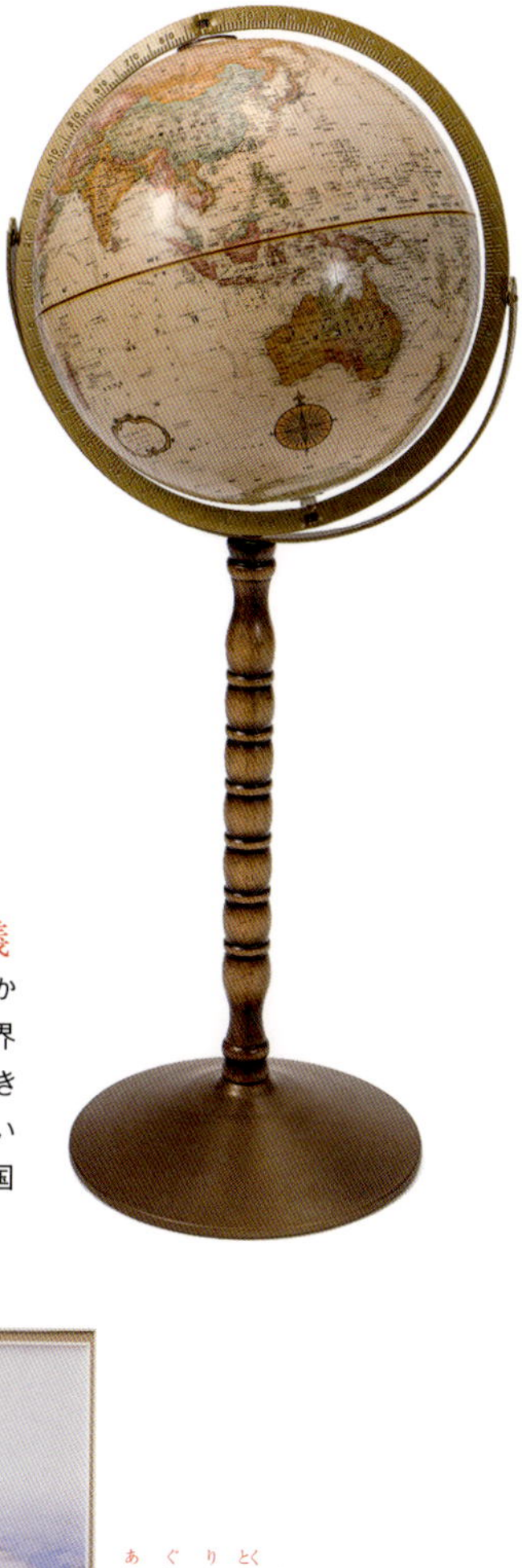

地球儀

子どもの頃、地球儀を見せられながら、父親から「おとなになったら、せめて、この地球の世界中を観て廻れ。金では買えない途方もなく大きなものを得るだろう」と言われた。筆が進まないとき、地球儀に目をやり、日本がいかに小さな国であるかを思い知るという(「地球儀」)。

安久利徳《あぐりとく》作『ドナウの旅人』装画原画

『ドナウの旅人』下巻(1985年朝日新聞社)装画原画。安久利徳は、宮本のヨーロッパ取材旅行に同行。「朝日新聞」の連載で挿絵も手がけた。

中国 新疆《しんきょう》ウイグル自治区トルファン市で買い求めた帽子、パキスタン フンザで買い求めた鞄《かばん》

平成7年（1995）、訳経僧・鳩摩羅什《くまらじゅう》の足跡を追って、中国・西安からパキスタンのイスラマバードまで、6700キロにおよぶ道のりを約40日かけて取材旅行を敢行。のちにそれは紀行『ひとたびはポプラに臥す』（全6巻）になるが、その旅行のときに買い求めたお土産。

安久利徳作「西瓜トラック」挿絵原画

「西瓜トラック」は「オール讀物」に掲載され、画家の安久利徳が挿絵を担当した。後に額装されて贈られた絵は、いまなお宮本の書斎に飾られている。「私の書いた小説よりも、その安久利さんの絵のほうが、はるかに強く人間の生命力を描写していると感じた。その絵は、私の心に膨らんだ風景よりも何倍も臨場感があった」(「生きものたちの部屋」)。

望月通陽作「本に住む星」

『生きものたちの部屋』(1995年新潮社)本文カット紙版画。(個人蔵)

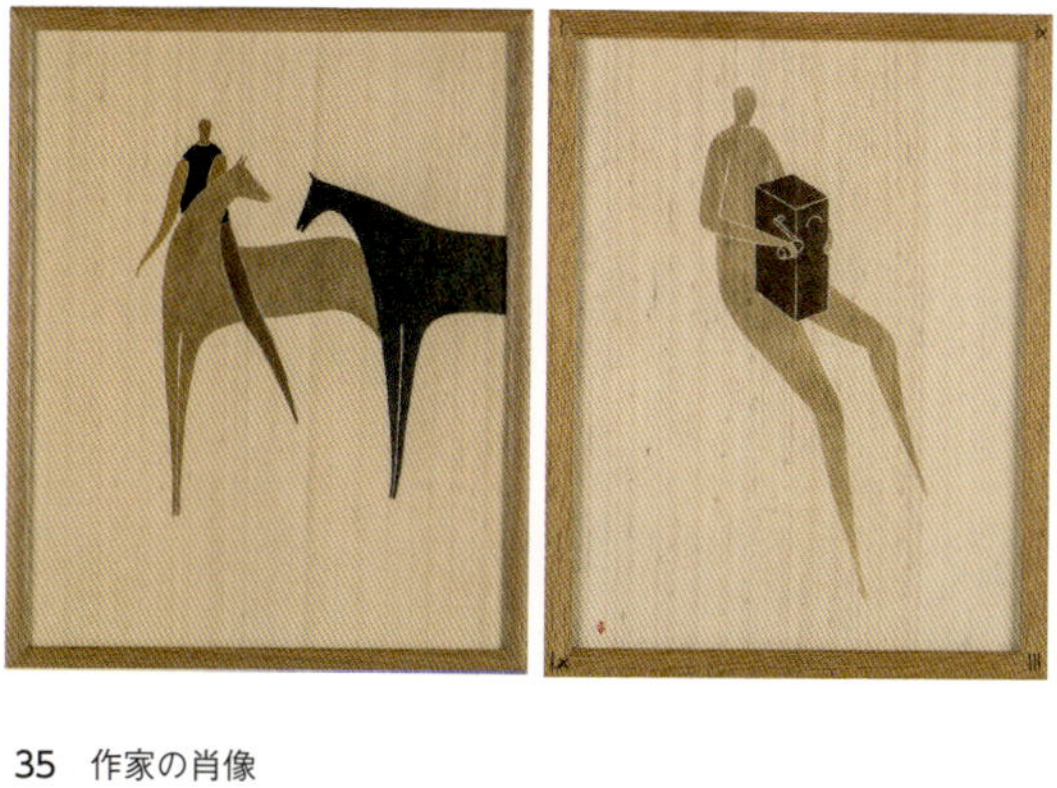

望月通陽作『宮本輝全集』外函装画原画「馬」「声」

平成4年(1992)より新潮社から発刊された『宮本輝全集』(全14巻)。その外函装画を手がけた画家・望月通陽は、形にしづらいものを線と色と染色によって、具体的な形で表現する。

谷口広樹作『月光の東』装画原画

グラフィックデザイナー谷口広樹による
『月光の東』の単行本、文庫本の装画原画。

坂上楠生作「にぎやかな天地」最終回挿絵原画

平成16年（2004）5月から平成17年（2005）7月まで、429回にわたって「読売新聞」で連載された小説「にぎやかな天地」の最終回挿絵原画。坂上楠生は、他に「花の降る午後」「人間の幸福」「約束の冬」の挿絵も担当する。

「わが心の雪」（抜粋）

私は八人町小学校に転入し、一年後に再び大阪に帰ったが、その後いつまでも、仲の良かった級友や担任の荒井三千男先生のことを忘れることが出来なかった。二十年ぶりに富山を訪れた際、桜木町で料理屋を営んでいる級友のひとりが席を設けてくれ、そこにお歳を召されたが、まだまだ元気そうな荒井先生と数人のクラスメートが集まってくれた。私は全部の顔をおぼえていて、みんなを驚かせた。ごく二、三人の女性をのぞいて、名前までおぼえていたものだから、私のことはまったくおぼえていない、そう言われれば、そんな生徒がいたような気もするといった程度にしか記憶を取り戻せないと申し訳なさそうに仰言《おっしゃ》る荒井先生の表情は、こちらが恐縮するくらい真剣なものであった。級友たちの顔だちは、二十年たっても少しも変わっていなかった。酒が廻ってくるにつれて、それまで黙っていた級友のひとりが言った。

「宮本は『螢川』の中で、富山の雪を少しも白くない、不思議な鉛色の光を放っているっちゅうふうに書いとるが、俺もほんとそうやと思うがや」

するともうひとりが、相槌《あいづち》を打った。

「金沢や新潟の雪も知っとるけど、富山の雪はまたそれとはちょっと違うちゃ。不思議やのお」

みんなは、次は雪の季節にこいと言ってくれたが、私はまだその機会を得ずにいる。

『命の器』（昭和五十八年（一九八三）講談社）より
［初出］「北日本新聞」昭和五十七年（一九八二）一月三日

宮本輝が通っていた頃の富山市立八人町小学校校舎
『八人町小学校百年史』（1973年）より

小説ができるまで

平成二十四年（二〇一二）六月七日、宮本輝は創価大学で「文学を生む力」という題で講演し、自身の作品を例に挙げながら、作品がどうやって生まれ、どのようにでき上がっていったのかを存分に語った。特別展では、講演のエッセンスをショートムービーで表現。その一部シーンを講演録からの抜粋とともに紹介する。

小説ができるまで

宮本　輝

2012年6月7日　創価大学での講演「文学を生む力」より

小説というのはどうやって生まれるのか、
そして、それを完結させるために、小説家という人間の
内部ではどんなことが起こっているのか。

一人の小説家が一つの小説を書き上げるのに、
どれほどの悪戦苦闘をするかという話の中から、
「コネクティング・ドッツ」、つまり「点」と「点」をつなげる
ということの意味、そしてそれが人生を
いかに生きるかに相対していくということを、
皆さんに感じ取っていただけたらと思っています。

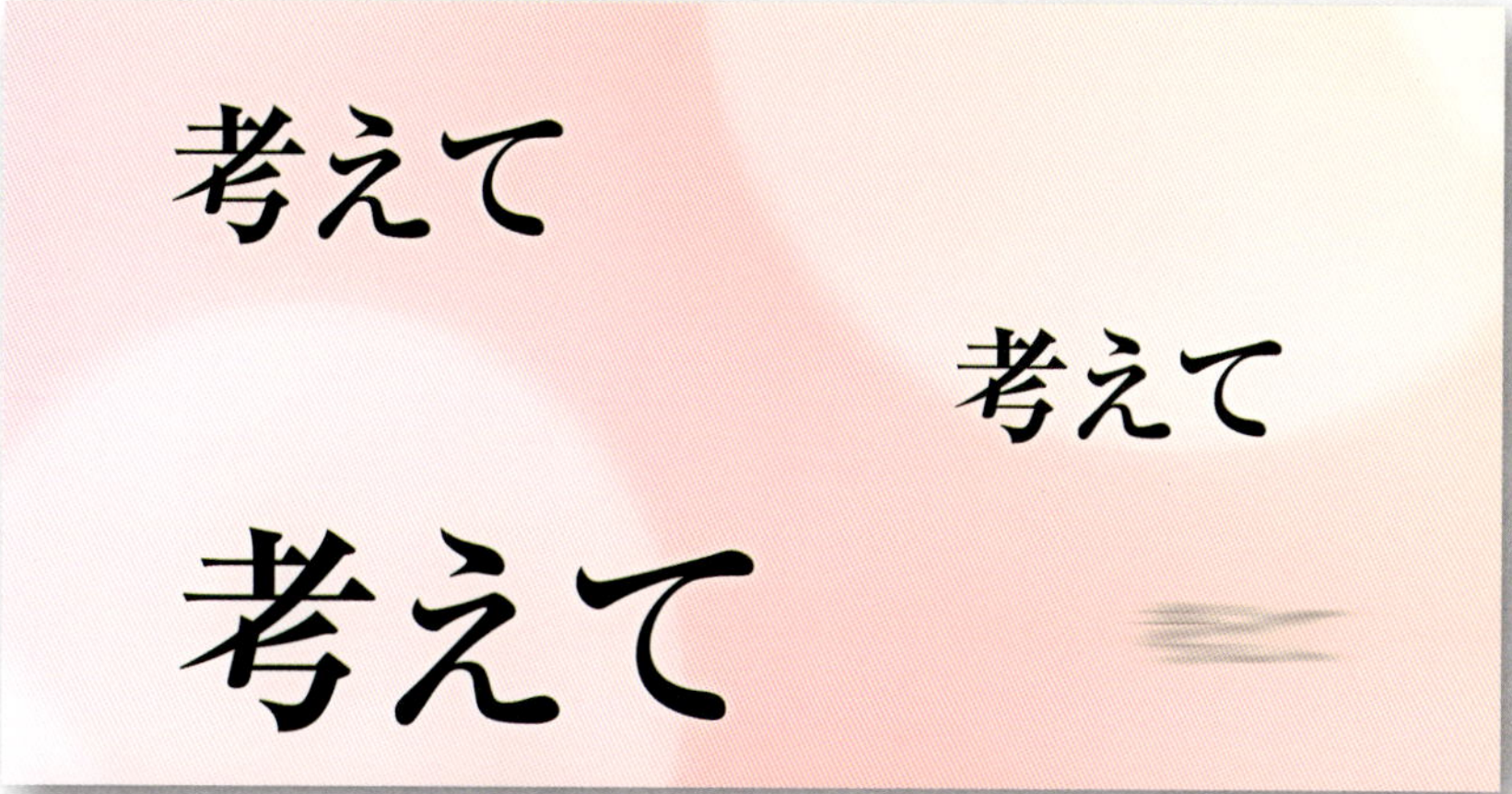
考えて
考えて
考えて

どんな小説にしようか、どんな題をつけようかと、考えて、考えて、考えて、考えて、それでも何も浮かばない、困ったなあというときに、「待てよ、落ち着け」と自分に言い聞かせるんです。「自分はどんな小説を人に読ませたいのか」と。

これは結局のところ、「どんな小説を自分が読みたいのか」というところへ入っていくのです。

考え抜く

待てよ、落ち着け

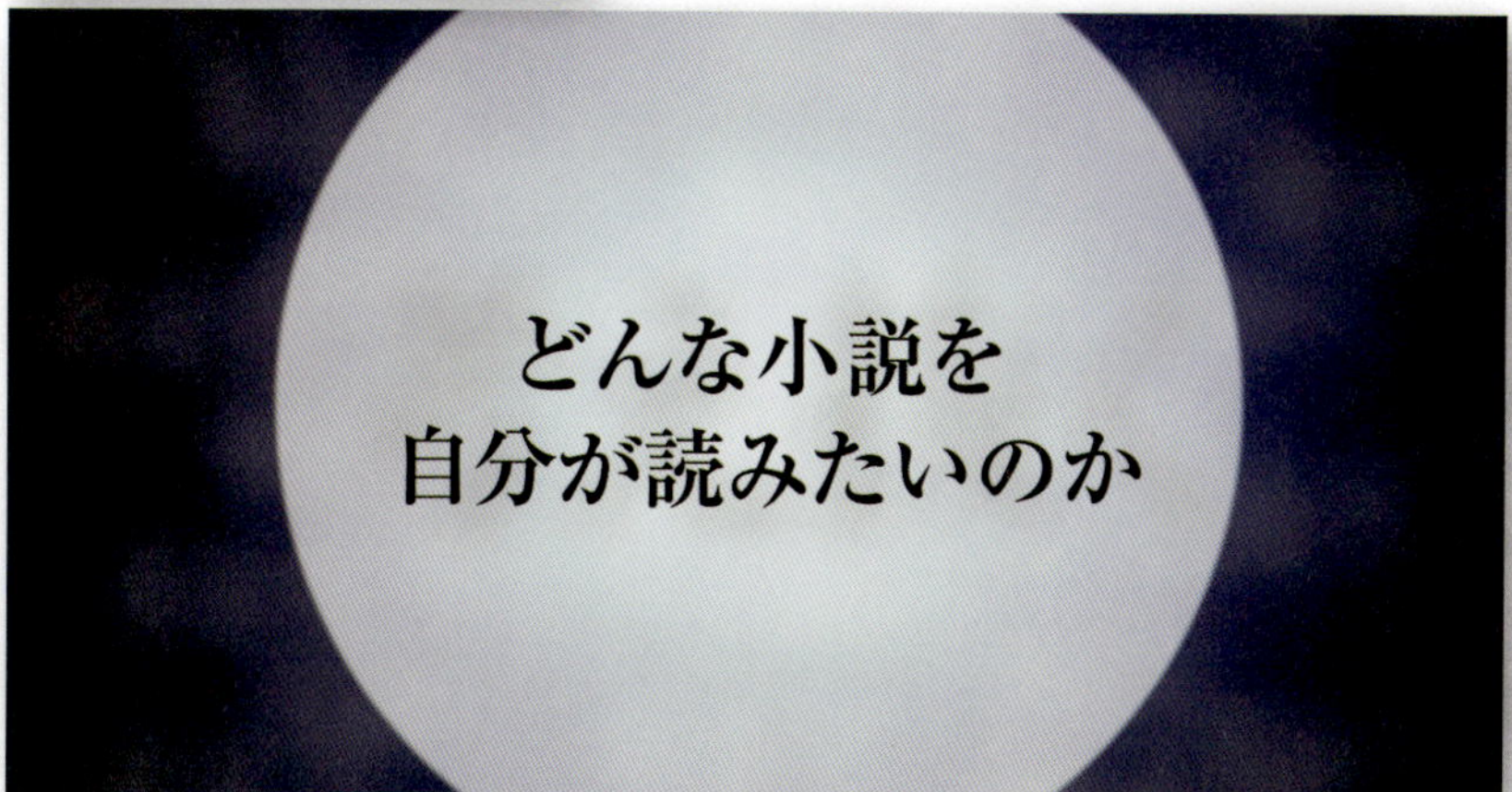
どんな小説を
自分が読みたいのか

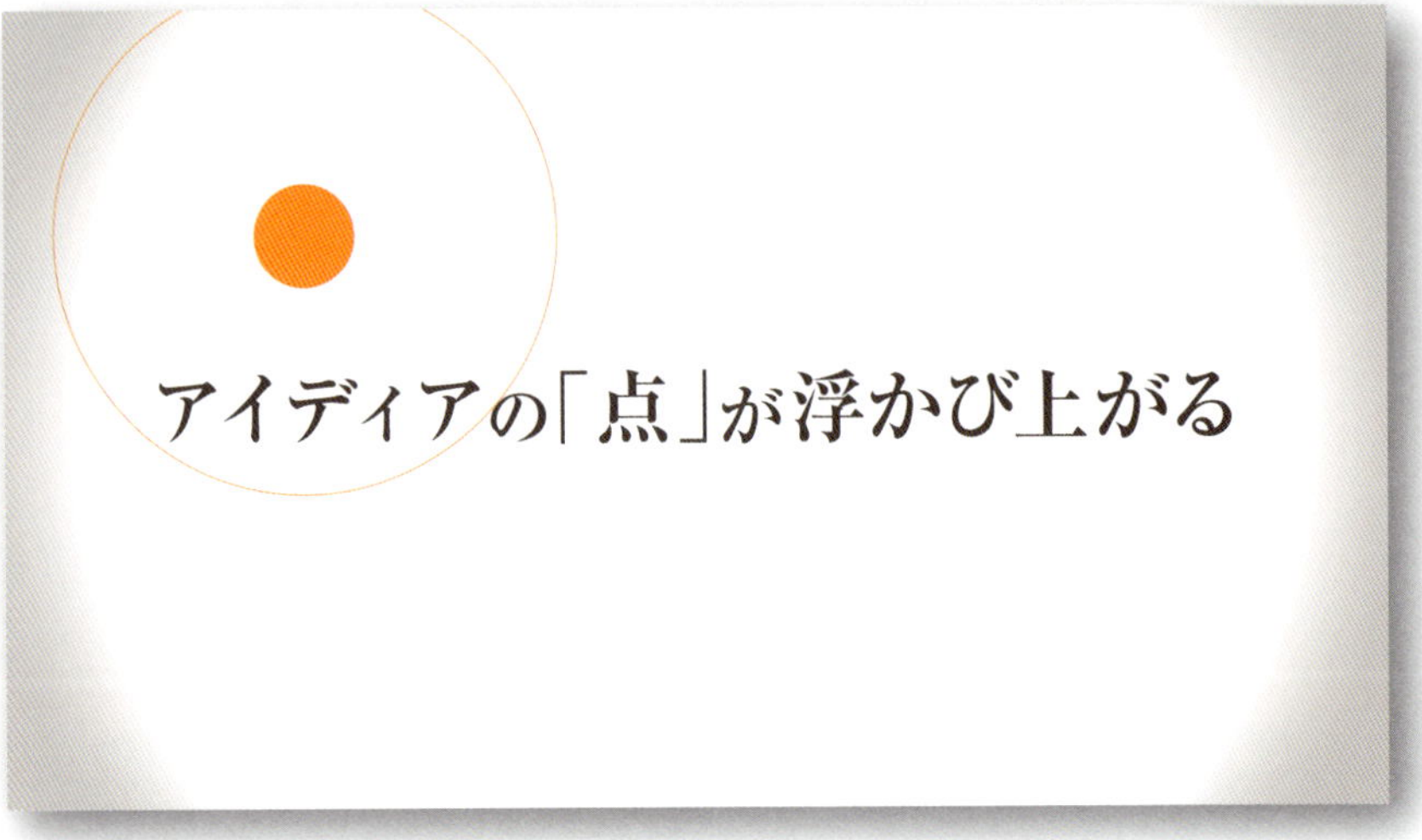
アイディアの「点」が浮かび上がる

そうしていったときに今度は、私という人間の内部にある哲学に育まれたものだとか、生まれてから今日まで見てきた風景だとか、人間の一瞬の表情だとか、様々な人々の裏切りだとかがポコっと出てきます。

これらは全部、「点」です。コネクティング・ドッツのドット（dot）です。

小説が書けなくてそこまで追い詰められたときに、火事場の馬鹿力と言うのか、自分の心の中からも消え去っていたはずの「点」がポコッと出てくるのです。

いくつもの「点」が湧き出る

ラテン語に
シュポンターン(spontan)
という言葉があります。

「シュポンターンってね、
何気なく、
ふっと湧いて出るって
意味だよ」

「あ、それや、それや」と。
ポコッと出てくるとは
まさにそういうことです。

あっちこっちからいろんな
「点」がポコッポコッポコッと
シュポンターンするのです。

シュポンターン
ドイツ語：衝動的な、偶発的な

そうやって少しずつ少しずつ
「点」が湧いていき、それがつな
がって薄ぼんやりとした小説
の核ができ上がっていきます。

それはまだ核です。ぼんやり
としています。

「点」と「点」がつながり

次から次へといろいろな登場人物が出てきてしゃべってくれる。

見も知らない人たちが出てきて、それぞれの人物がそのときそのとき勝手にしゃべります。

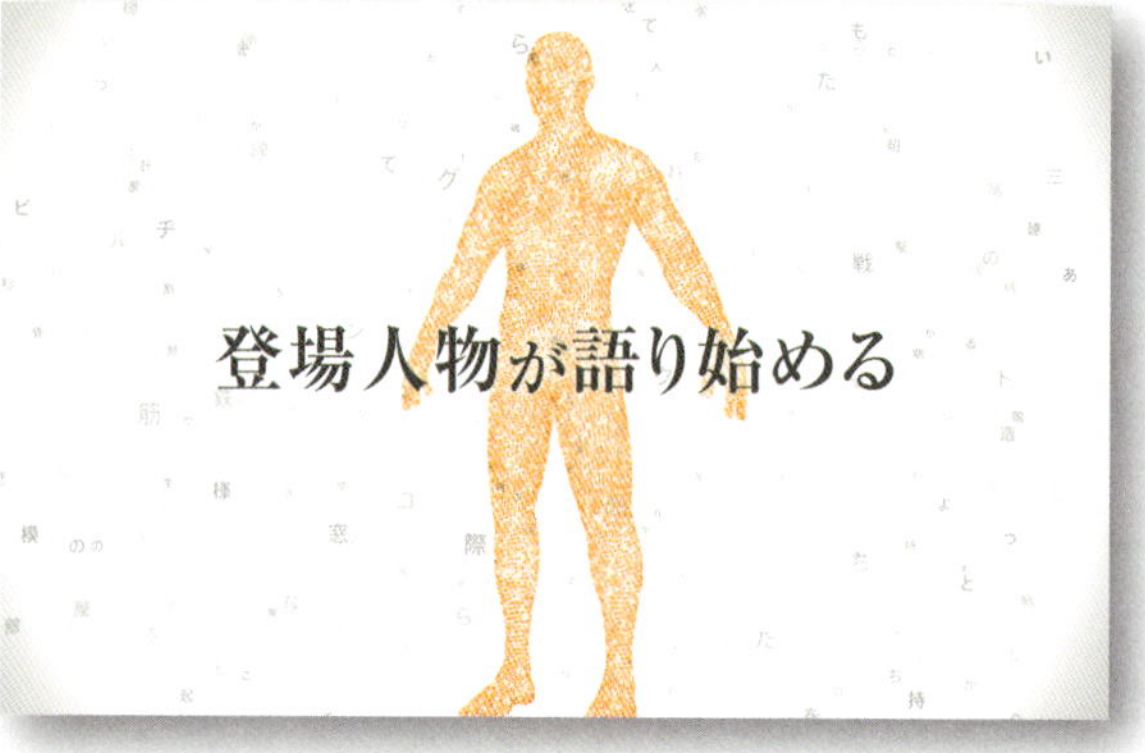
登場人物が語り始める

絶えずこのコネクティング・ドッツ（点と点をつなげる）の「点」が、ポコポコと勝手に浮かんできます。そして、でき上がっていきます。

「勝手にできあがる」としか言いようがないのです。

コネクティング・ドッツがだいぶ出てきました。

そこでいちばん問題になってくるのが忍耐です。焦らないということです。

一字一字積み重ねていくしかないということを肝に銘じることです。

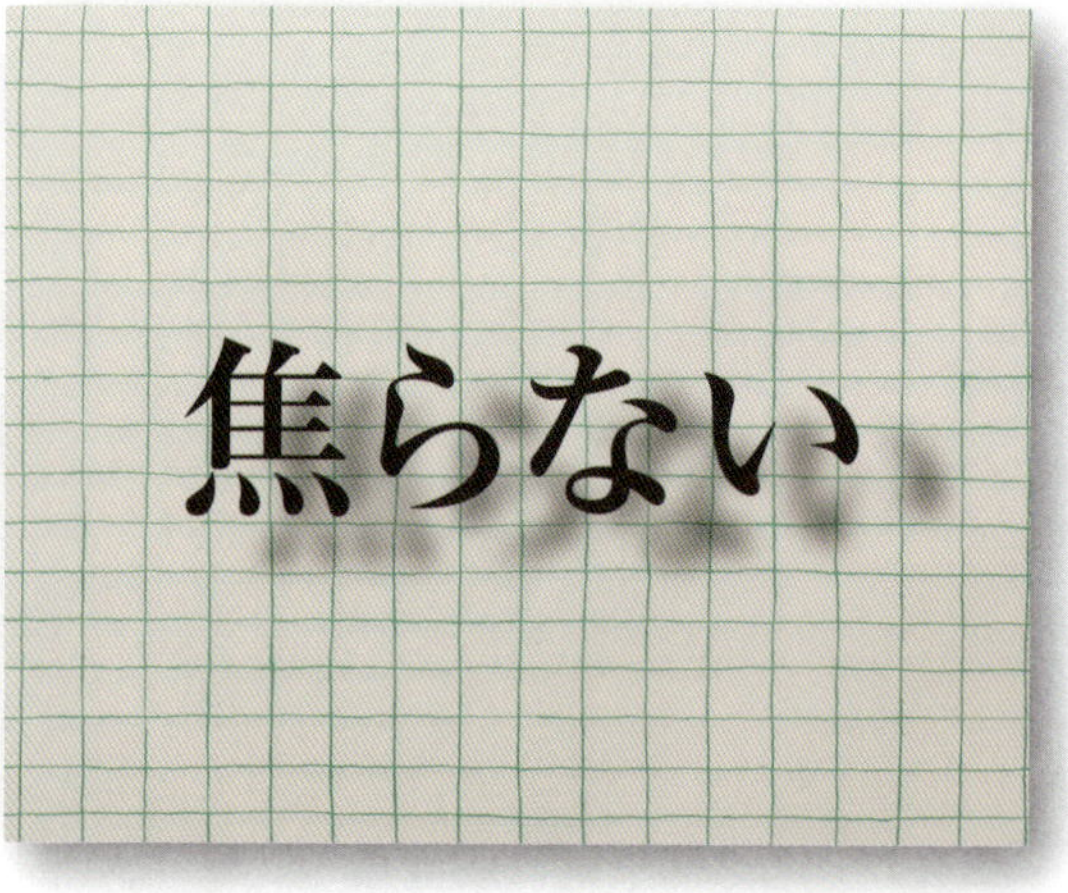
焦らない

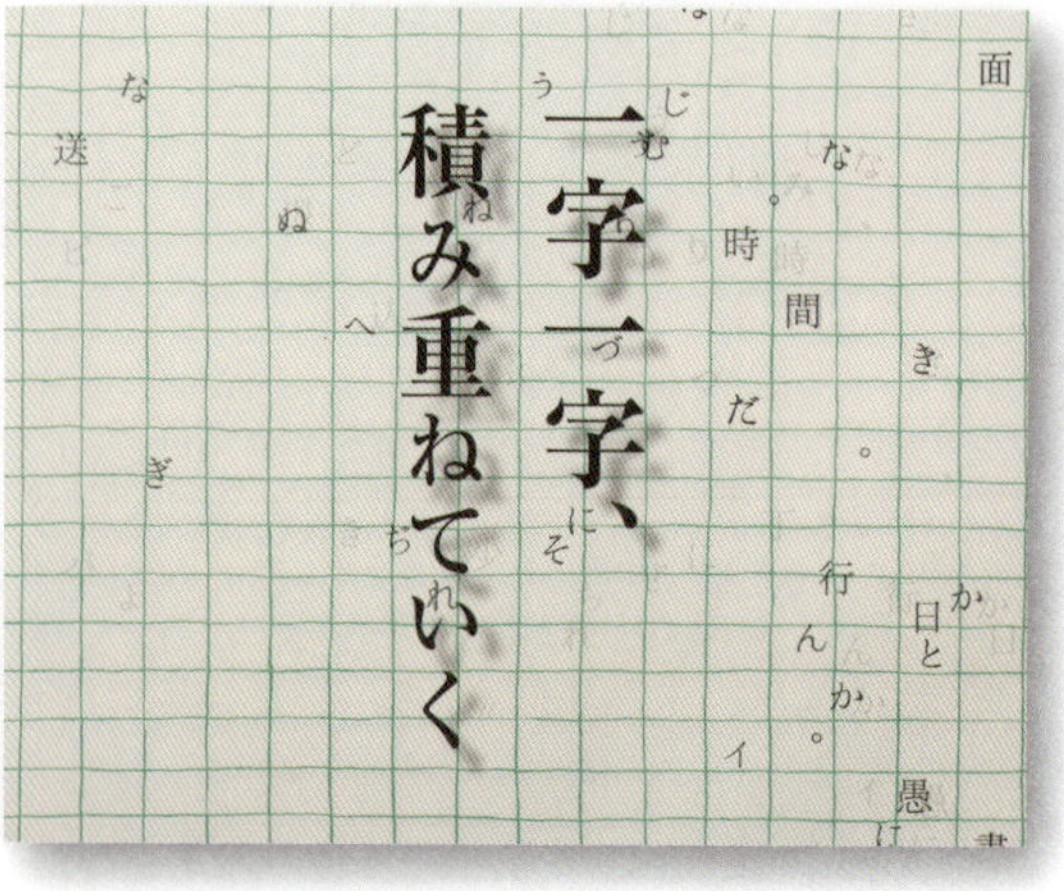
一字一字、
積み重ねていく

半分ぐらいできてくると、少しずつ先が見えてきます。よしこれで何とかなるかなというときに、大きな落とし穴みたいなものが訪れます。それは、時系列に大きな矛盾が出てくるのです。

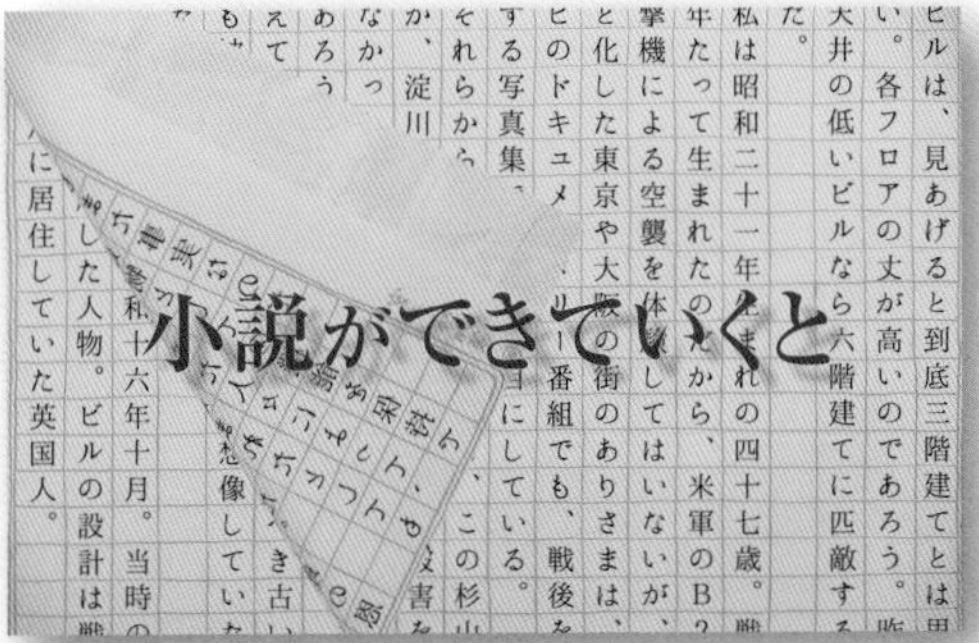

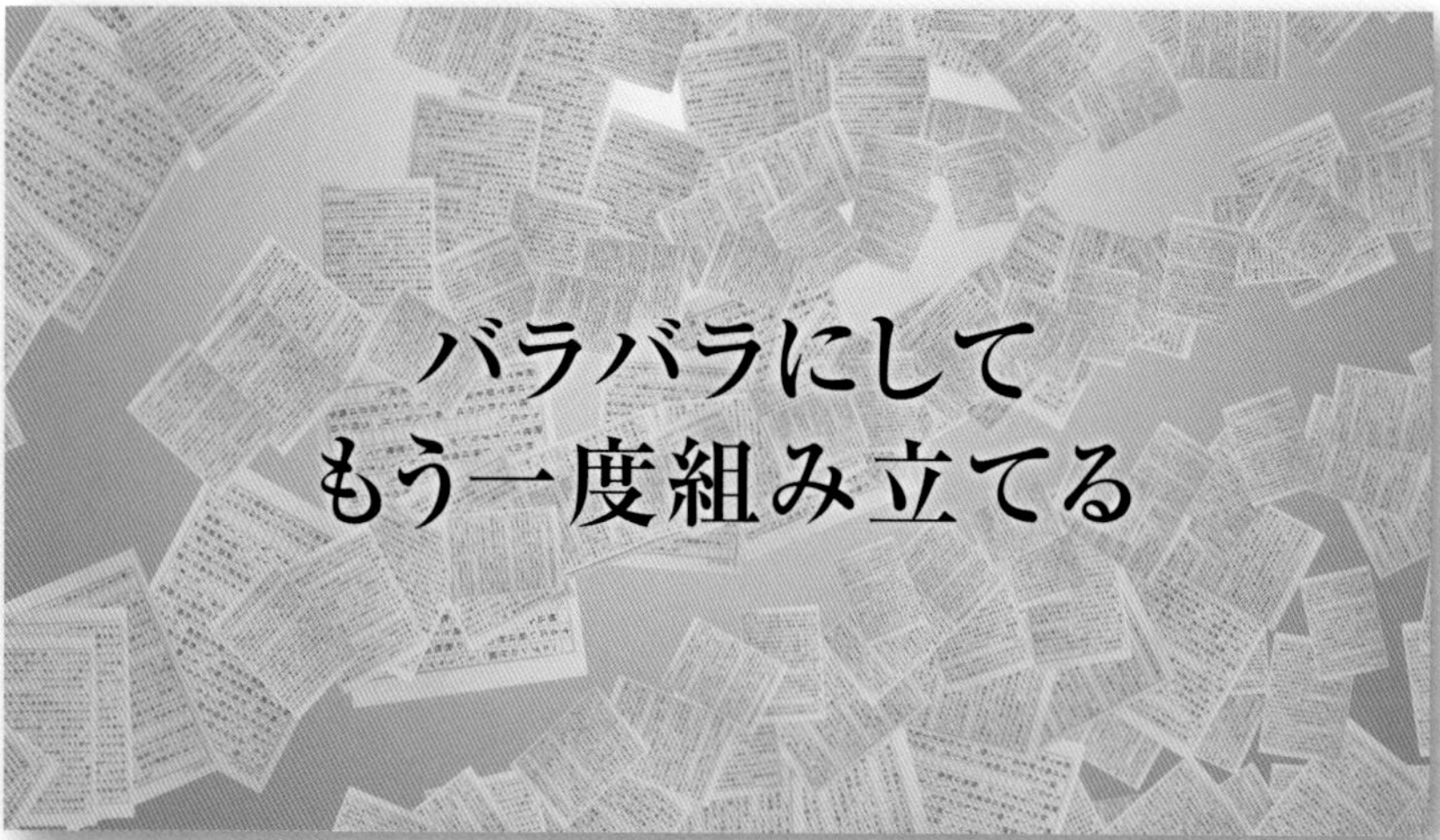
バラバラにして
もう一度組み立てる

そうして佳境に入り

「おもしろくしてやろう」

小説の真ん中あたりからこの修正作業が始まっていきます。
これが大変厳しいです。

無から有を生じるよりもひょっとすると
大きなエネルギーを使うかもしれません。

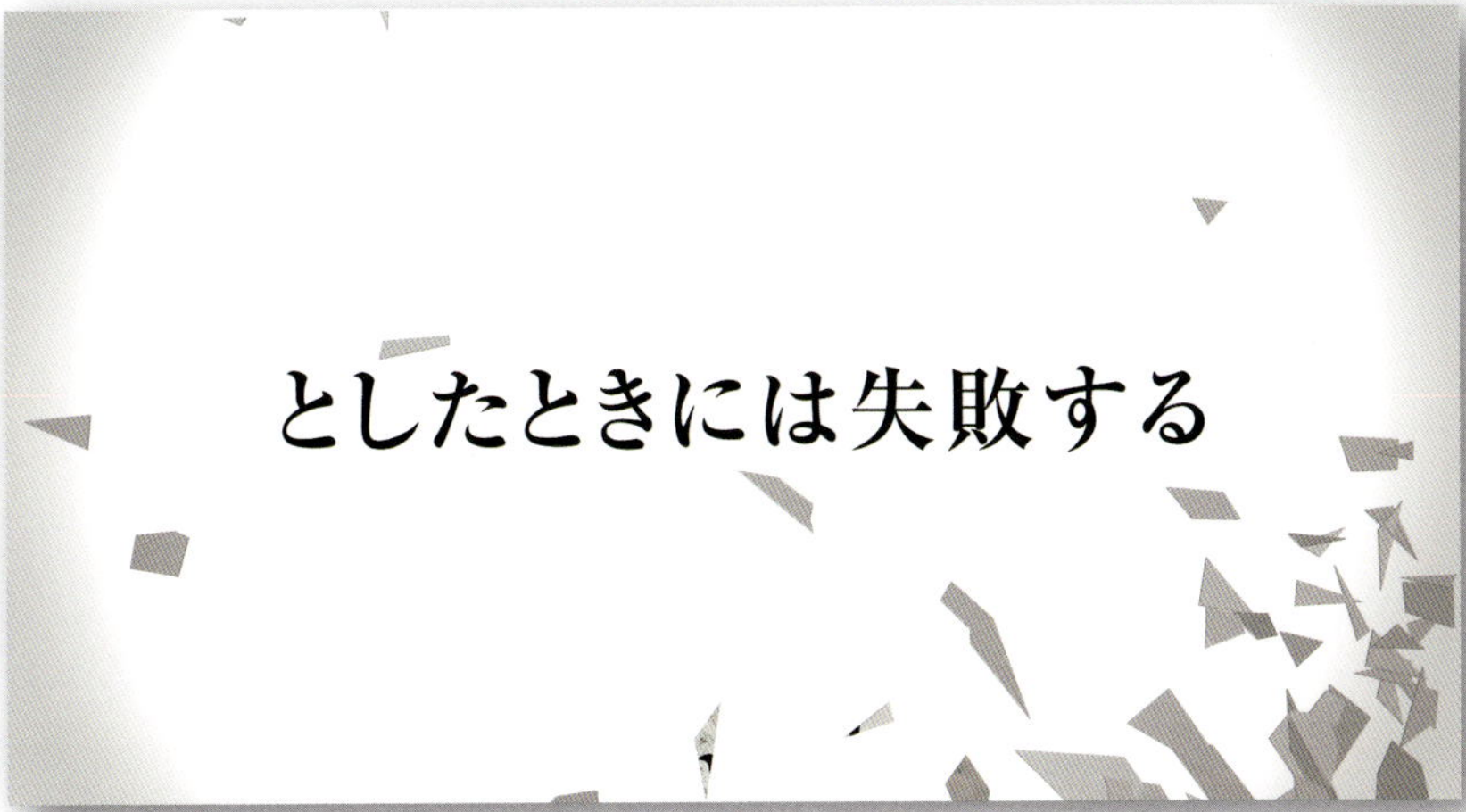
としたときには失敗する

ちょうどそろそろ佳境に入ってくるかなあというときにおもしろくないと感じるときがあります。しかし、そこで、おもしろいかおもしろくないかにとらわれて、おもしろくしてやろうとしたときには失敗します。そういうときにはむしろ、宮本輝という作家は自分自身の内側に、作家としてどんな哲学、どんな思想をもっているかということに戻っていきます。それは、コネクティング・ドッツの最初、つまり原点に戻るということなのです。

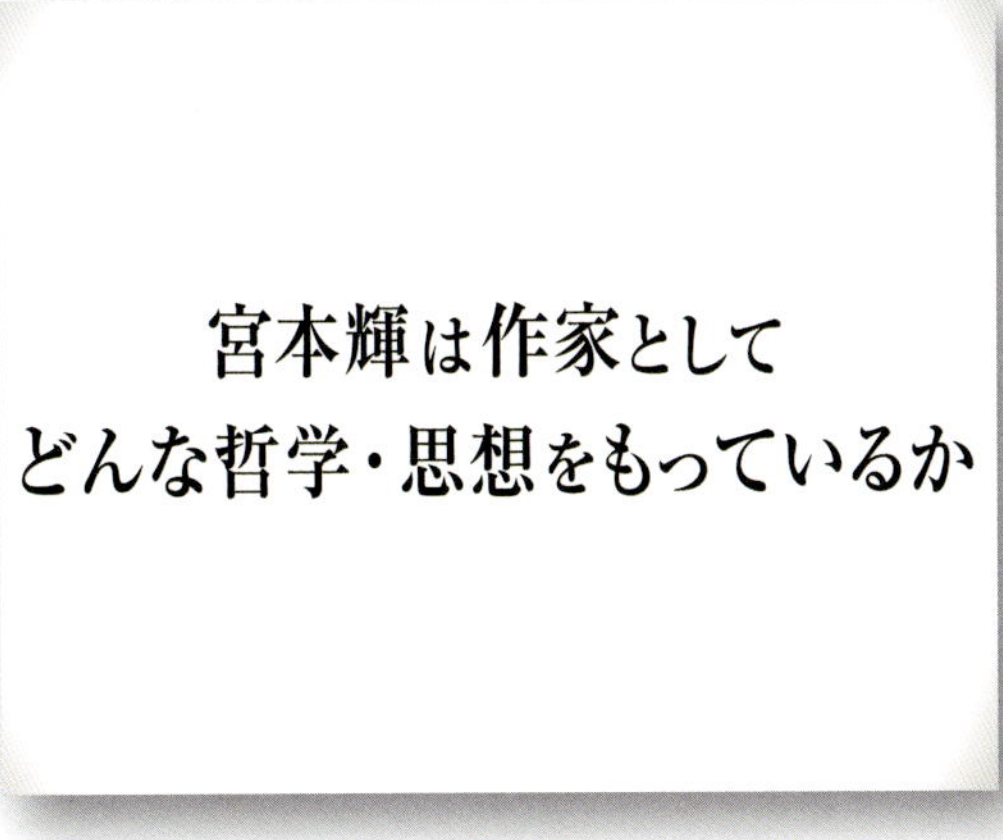
宮本輝は作家として
どんな哲学・思想をもっているか

つまり、原点に戻る

おそらく85歳になっても同じこのコネクティング・ドッツを続けているでしょう。自分の見たもの、聞いたもの、あるいは経験したこと、味わったこと、それらの「点」がこっちから出てきたり、あっちから出てきたり。それらの「点」をどうコネクトしていくかという作業をずっと続けていくだろうと思います。

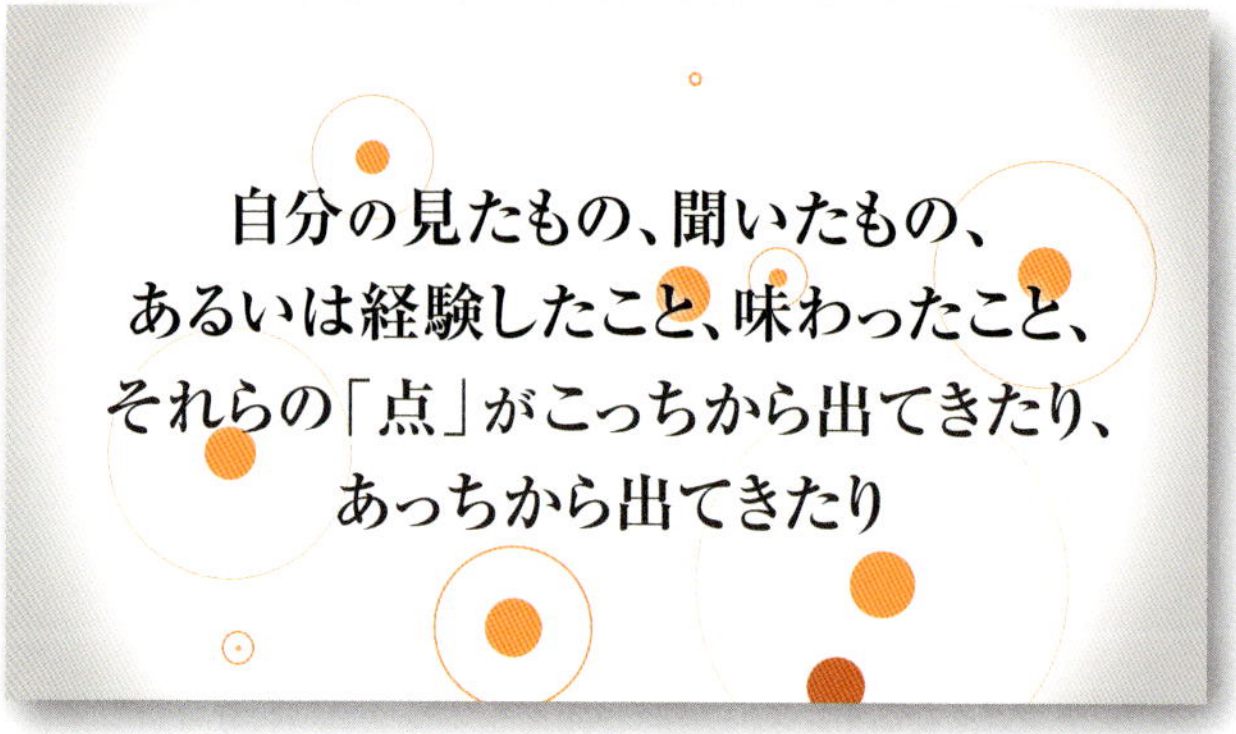

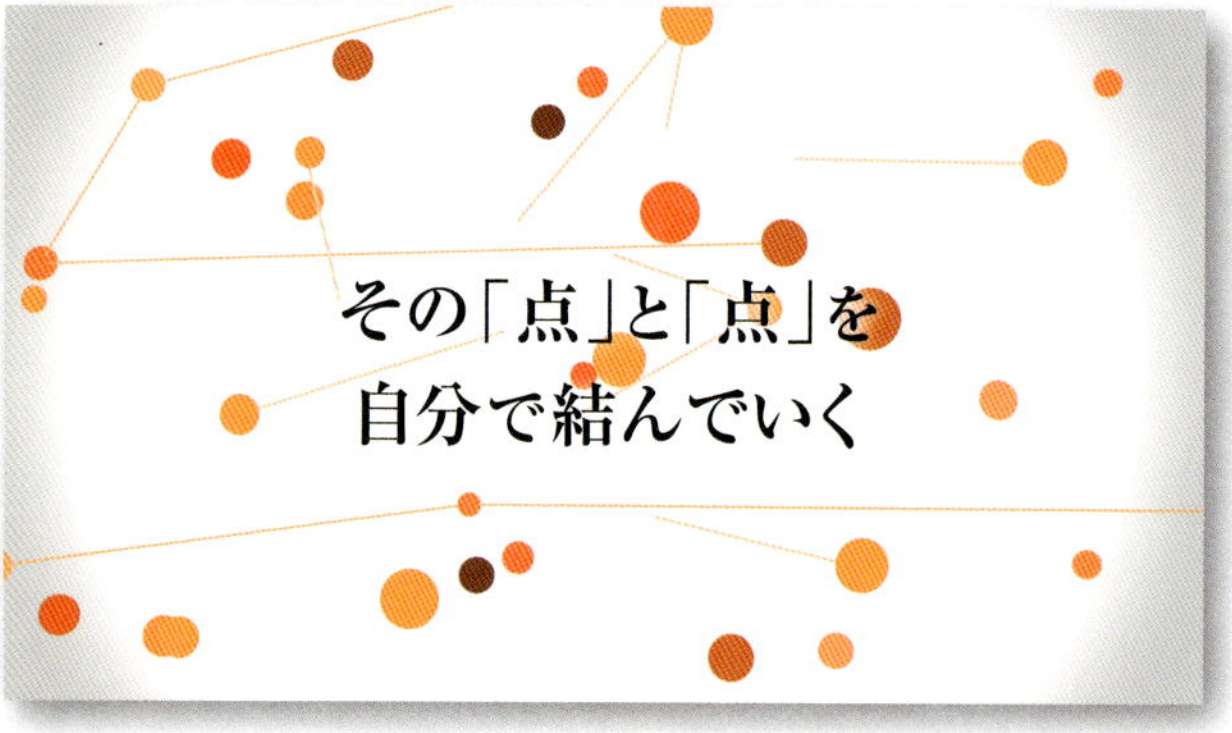

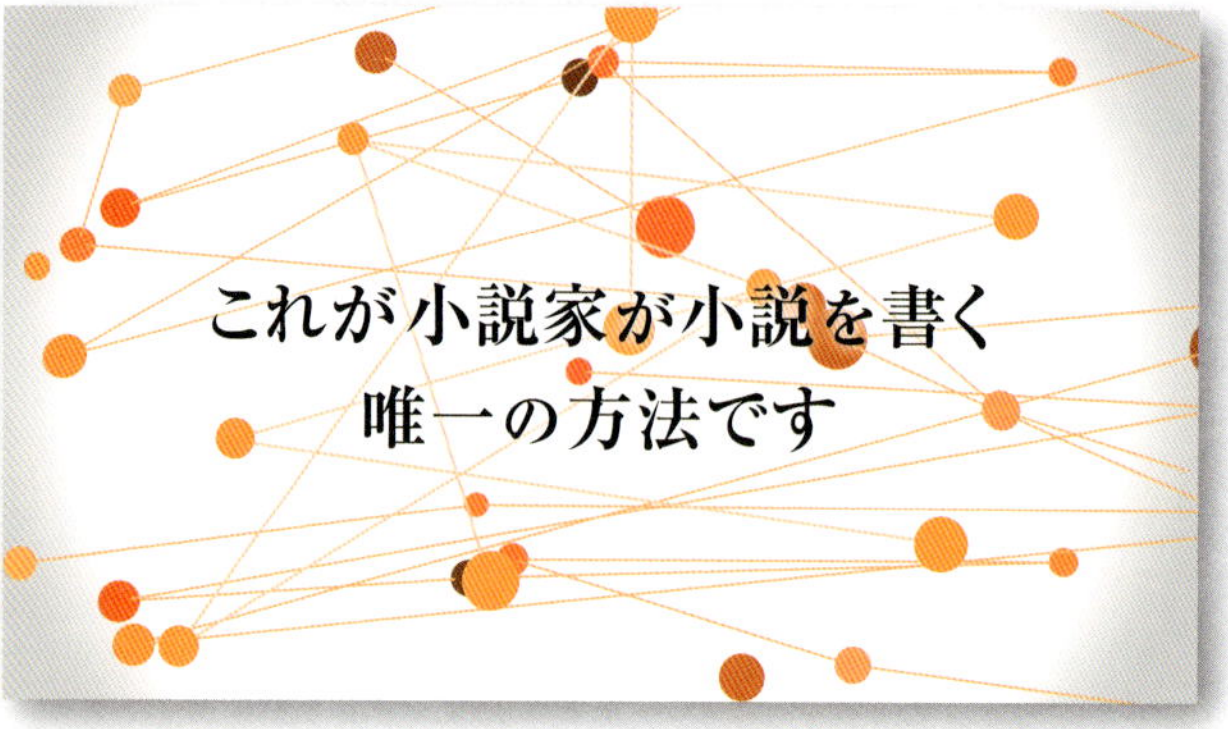

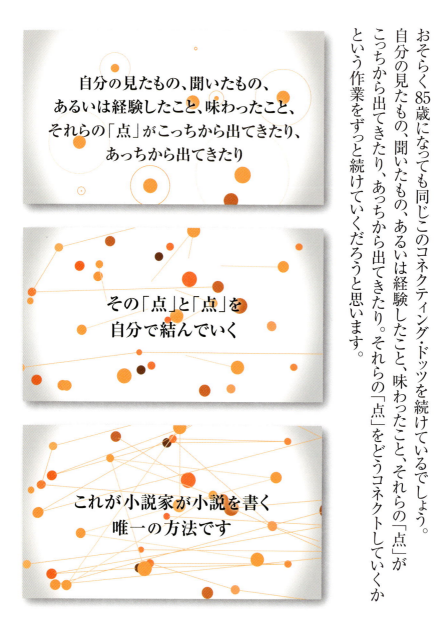

どこか山の奥の方から
ちょろちょろと水が湧いてきて、
それが何筋か集まって
さらさらと小川になって、
ふと気がつくと中ぐらいの川になり、
さらにいつしか大河になり、この大河は
どこまで続くのかなあと思ったら、
いつの間にか黒海か
どこかの河口へ消えて行って、
「あ、終わってた」というような、
そういう小説が私自身は非常に好きです。

いろんな「点」を作りに作って、
その「点」と「点」を
自分で結んでいってください。
これが小説家が小説を書く
唯一の方法です。

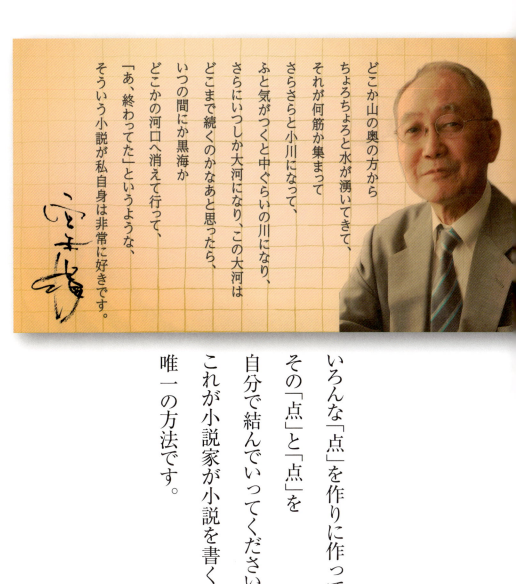

宮本輝文学の誕生

川三部作

幼少期を過ごした大阪の場末の川の畔《ほとり》、少年期に送ったよるべない富山での短い生活、青春の一時期を怠惰にさまよった歓楽の街……。「泥の河」、「螢川」、「道頓堀川」は、どれも遠い郷愁として忘れることのできない風景をもとにつくられた作品である。

宮本の人生の節目ふしめにあった川の畔での暮らしは、その作品世界に色濃く映し出されている。

「なあ、のぶちゃん。一所懸命生きて来て、人間死ぬいうたら、ほんまにすかみたいな死に方するもんや。」

泥《どろ》の河《かわ》

昭和三十年（一九五五）の大阪。堂《どう》島《じま》川と土《と》佐《さ》堀《ぼり》川が合わさる安《あ》治《じ》川。その畔《ほとり》で食堂を営む家庭に育つ少年・信雄は、川に浮かぶ舟に暮らす家族と関わり合うことなる。母は体を売り、その娘・銀子は、無口で心を容易に開かず、息子の喜一は、盗みを犯したり、小動物を殺したりすることに何ら罪悪感を持たない。その一種異様な生活を目の当たりにし、信雄は驚き動揺する。ある日、その家族を乗せた舟は、無言で川を遡《さかのぼ》っていくのだった。

【解説】

宮本は、小説家を目指して昭和五十年（一九七五）八月、勤めていた広告代理店を退社。その半年後に書き始めたのが「泥の河」である。

この頃書きあげていた「螢川」を、書き直しのためいったん寝かせ、別の作品で出直そうとしたのが「泥の河」執筆のきっかけである。

「泥の河」「螢川」両作品の誕生の背景には、同人誌「わが仲間」を主宰する池上義一との深い関わりがある。彼から「あなたは天才かもしれない」という励ましをもらう一方、小説の書き方の手ほどきを受けた。作品をはじめて彼のもとに持参したときには、書き出しの十行を、マジックインキで消されたというエピソードも伝わっている（「自作の周辺」）。

「泥の河」は、池上にこれはいい作品だと言われるまで七回の書き直しを経て「文芸展望」に発表。昭和五十二年（一九七七）に第十三回太宰治賞を受賞し、宮本の出世作となる。昭和五十六年（一九八一）、小栗康平監督により自主制作の形で映画化もされている。

「お米がいっぱい詰まってる米櫃《こめびつ》に
手ェ入れて温もっているときが、
いちばん幸せや。」

写真：読売新聞社
安治川の水上生活者（1955年）

［初　出］　同人誌「わが仲間」第9号（「舟の家」、1977年1月）、
「文芸展望」第18号（1977年7月）
［単行本］　1978年　筑摩書房『螢川』所収　収録作品：「泥の河」「螢川」
［文庫版］　1980年　角川文庫『螢川』
1986年　ちくま文庫『川三部作 泥の河・螢川・道頓堀川』
1994年　新潮文庫『螢川・泥の河』
2005年　新潮文庫『螢川・泥の河』改版
［全　集］　『宮本輝全集』第1巻　1992年　新潮社
［その他］　『宮本輝全短篇』上　2007年　集英社
［受　賞］　第13回太宰治賞

映画『泥の河』パンフレット

「運というもんを考えると、ぞっとするちゃ。あんたにはまだようわかるまいが、この運というもんこそが、人間を馬鹿にも賢こうにもするがやちゃ」

螢川《ほたるがわ》

昭和三十七年（一九六二）、富山は四月に入っても大雪が降るという不思議な年だった。このような年には蛍が大量発生するという話を銀蔵から聞いた水島竜夫は、蛍狩りに行こうと約束を交わす。父・重竜、友人・関根の二人の死を通して心境をそれぞれ変化させる竜夫、母・千代、幼なじみの英子。ある晩、銀蔵に連れられていたち川を遡《さかのぼ》る。不安の中、暗い夜道を歩く四人の前に現れたのは、何万何十万という蛍の大群だった。

【解説】

宮本にとって「第二の故郷」ともいうべき富山の、強く記憶に残っている風景を、豊かな情景描写として描き出しているのが本作「螢川」である。クライマックスに現れる「螢の乱舞」の描写は圧巻。それを宮本が実際に見たのかとある人に質問されたところ、井上靖が代わって「宮本さんの心のなかには、あれだけの螢が飛んでいたんでしょうね」と言ったというエピソードが伝わっている（「大雁塔《だいがんとう》から渭水《いすい》は見えるか」）。

宮本の随筆には、富山の雪や、八人町小学校での荒井先生との思い出など、随所に富山での生活体験がつづられている。宮本が富山で過ごしたのは、小学校四年生の頃。父親の仕事の関係で、わずか一年という短い期間であったが、「あたかも自分の少年時代におけるすべてであるかのような気がしてきた」（「わが心の雪」）とまで述べられている。

「螢川」は、昭和五十三年（一九七八）に第七十八回芥川龍之介賞を受賞。昭和六十二年（一九八七）には、須川栄三監督により映画化されている（配給＝松竹）。

映画『螢川』パンフレット

［初　出］ 同人誌「わが仲間」第8号（1976年8月）
「文芸展望」第19号（1977年10月）
［単行本］ 1978年　筑摩書房
収録作品：「泥の河」「螢川」
［文庫版］ 1980年　角川文庫
1986年　ちくま文庫『川三部作 泥の河・螢川・道頓堀川』
1994年　新潮文庫『螢川・泥の河』
2005年　新潮文庫『螢川・泥の河』改版
［全　集］ 『宮本輝全集』第1巻 1992年 新潮社
［その他］ 『芥川賞全集』第11巻　1982年 文藝春秋
『宮本輝全短篇』上　2007年　集英社
［受　賞］ 第78回芥川龍之介賞

「辛い哀しいことが起こっても、
いっこうにへこたれんと生きていけることが、
しあわせやと思いますねェ」

道頓堀川《どうとんぼりがわ》

昭和四十四年（一九六九）、身寄りのない大学生・邦彦は、生活の糧を求めて道頓堀の喫茶店「リバー」に住み込む。邦彦に優しい目を向ける店主の武内は、かつてビリヤードに命をかけ、妻に去られた過去を持つ。邦彦の友人である政夫は、日本一の玉突きの名人になると言い、父の武内と衝突し家を出ていた。ある日、邦彦が立ち会う中、武内と政夫が未来を賭けてビリヤードで真剣勝負をすることになる。

［初　出］「文芸展望」第21号（1978年4月）
［単行本］1981年 筑摩書房
［文庫版］1983年 角川文庫
1986年 ちくま文庫『川三部作 泥の河・螢川・道頓堀川』
1994年 新潮文庫
2013年 新潮文庫 改版
［全　集］『宮本輝全集』第1巻　1992年 新潮社

【解説】

宮本は、大学時代、三カ月程、通称「ミナミ」の歓楽街で働いていた時期があった。法善寺横丁にあった小さなバーテンの職についていたという。このときの印象は強く、「あっという間に別れて行った数多くの人間たちのことは、さまざまな感懐とともに心の深部に刻印されている。（中略）誰も一様に頬が薄く、寂しい目の光を、はっとするくらい如実に煌《きらめ》かせる人々だった。きっと私も、その時代、彼らと同じ目をして、道頓堀川の廻りをほっつき歩いていたのだろう。」と述懐している（「「道頓堀川」の映画化」）。

その頃の行きずりの、ガラス越しに見ただけのひとりの玉突き師をモデルに創り出されたという本作品は、まち子姐さんや邦彦、政夫、かおる、その他さまざまな架空の人物を織り込みながら、見事な群像劇に仕上げられている。

本作は、昭和五十七年（一九八二）、深作欣二監督により映画化（配給＝松竹）。山崎努が演じる武内と佐藤浩市が演じる政夫の玉突き対決は圧巻。

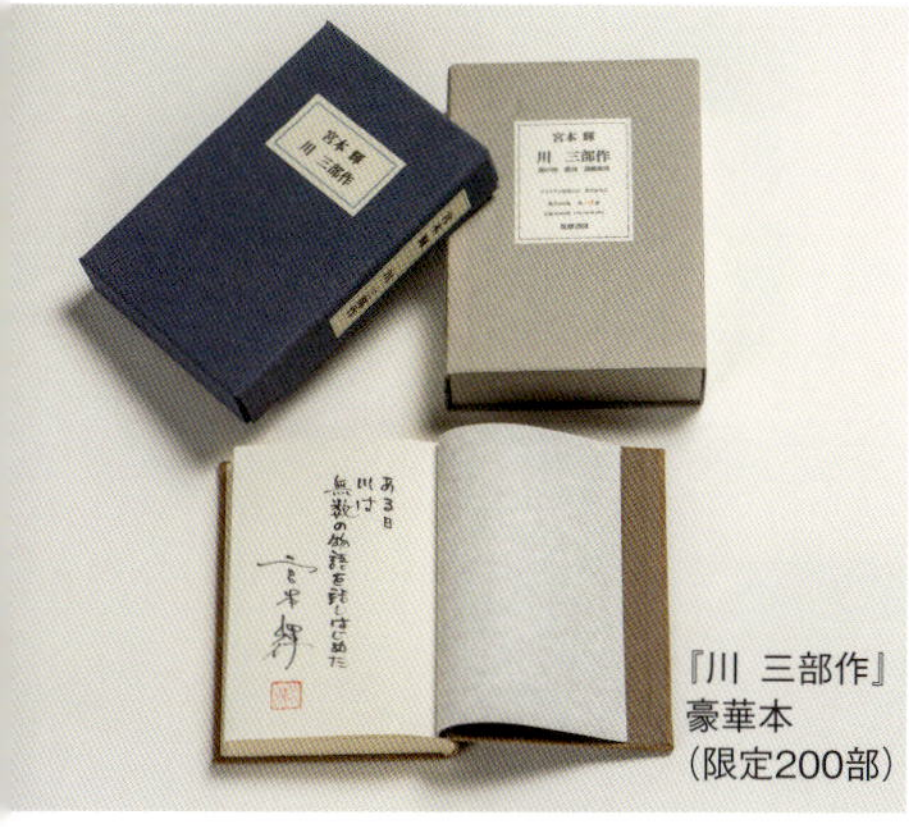

『川 三部作』豪華本（限定200部）

映画『道頓堀川』パンフレット

短編の名作

体力とか精神力とか、そんなうわべのものやない、
もっと奥にある大事な精を奪っていく病気を、
人間は自分の中に飼《こ》うてるのやないやろか。（中略）
そんな病気にかかった人間の心には、
この曾々木の海の、一瞬のさざ波は、
たとえようもない美しいものに映るかも知れへん。

幻《まぼろし》の光《ひかり》

兵庫県の尼崎に生まれ育ったゆみ子は、生死も分からず生き別れした祖母に次いで、夫も鉄道自殺で失ってしまう。奥能登の曾々木《そそぎ》の観光旅館の板前・関口民雄と再婚するが、亡き前夫のことが忘れられないでいた。ゆみ子は、さざ波の光と海鳴りがとどろく日本海を前にして、日夜亡き前夫に問いかけ続けるのだった。いつしか、その問いかけ自体が、ゆみ子自身の生き甲斐《がい》になっていく……。

［初　出］「新潮」1978年8月号
［単行本］1979年　新潮社
［文庫版］1983年 新潮文庫、2013年 新潮文庫 改版
［全　集］『宮本輝全集』第13巻 1993年 新潮社
［その他］『宮本輝全短篇』上 2007年 集英社
1983年、ABC系列でドラマ化
1995年、是枝裕和監督により映画化
（配給:シネカノン）
『幻の光』には、本作品の他、「夜桜」「こうもり」「寝台車」を収録

自分が、いままさに死にゆかんとしていることを知らないままに死んでいく人間などいないと、ぼくは思う。そうでなければ、人間が死ぬ必要などどこにもないではないか。人間は、そのことを思い知るために、死んでいくのだ。

星々《ほしぼし》の悲《かな》しみ

高校を卒業し、予備校生となった志水靖高は、予備校にも通わず、中之島の府立図書館で読書に耽《ふけ》る毎日を送っていた。ある日、同じ予備校生の有吉、草間と知り合う。一緒に入った喫茶店〈じゃこう〉で、木陰で眠る少年を描いた「星々の悲しみ」と題する一枚の絵に魅せられ、それを盗み出すのだった。二十歳でこの世を去ったという作者に思いを馳《は》せる日々を送る志水は、有吉の死をきっかけに、その絵に込められた意味と死について考えていく。

［初　出］「別冊小説新潮」'80秋号
［単行本］1981年　文藝春秋
［文庫版］1984年　文春文庫
2008年　文春文庫　新装版
［全　集］『宮本輝全集』第13巻 1993年 新潮社
［その他］『宮本輝全短篇』上　2007年　集英社
『はじめての文学　宮本輝』2007年 文藝春秋
『星々の悲しみ』には、本作品の他、「西瓜トラック」「北病棟」「火」「小旗」「蝶」「不良馬場」を収録

「死んでも死んでも生まれて来るんや。それさえ知っとったら、この世の中、何にも怖いもんなんてあるかいな。」

五《ご》千《せん》回《かい》の生《せい》死《し》

大阪の堺市から福島区まで、無一文で歩いて帰る「俺」の前に、「一日に五千回ぐらい、死にとうなったり、生きとうなったりするんや」と言う奇妙な男が現れる。なりゆきでその男が運転する自転車の荷台に乗った「俺」は、時折彼が叫ぶ「死にとうなってきたァ」の一言に翻弄《ほんろう》されながら、夜の街を走るのだった。やがて、「俺」は、その男に対して不思議な友情を感じるようになっていく。

［初　出］「文藝」1984年1月号
［単行本］1987年　新潮社
［文庫版］1990年 新潮文庫、2012年 新潮文庫 改版
［全　集］『宮本輝全集』第13巻 1993年 新潮社
［その他］『宮本輝全短篇』上 2007年 集英社
『はじめての文学　宮本輝』 2007年　文藝春秋

『五千回の生死』には、本作品の他、「トマトの話」「眉墨」「力」「アルコール兄弟」「復讐」「バケツの底」「紫頭巾」「昆明・円通寺街」を収録

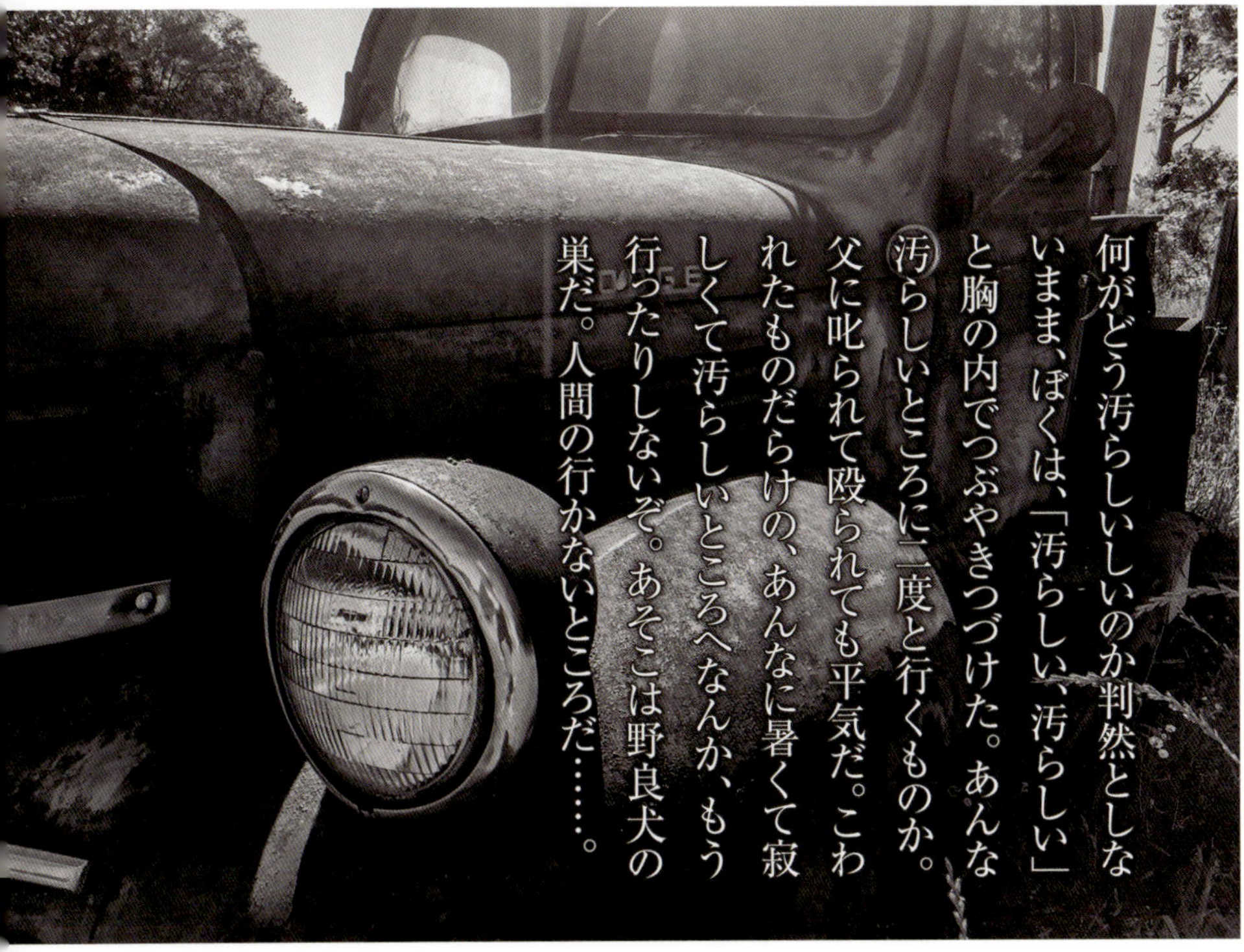

何がどう汚らしいしいのか判然としないまま、ぼくは、「汚らしい、汚らしい」と胸の内でつぶやきつづけた。あんな汚らしいところに二度と行くものか。父に叱られて殴られても平気だ。こわれたものだらけの、あんなに暑くて寂しくて汚らしいところへなんか、もう行ったりしないぞ。あそこは野良犬の巣だ。人間の行かないところだ……。

真夏《まなつ》の犬《いぬ》

中学二年の夏休み、「ぼく」は父に命令され、一人で工場街の廃車置場の見張りをする。灼《や》けつく夏の日差しの中、飢えた野良犬に囲まれ怯《おび》えながらも、羽振りの良い父を喜ぶ母を慮《おもんぱか》り、パチンコを武器に健気に手伝いを続けるのだった。台風の日、「ぼく」は、運転席で父と女性との密会を察知してしまう。後日、「ぼく」は、野良犬の襲撃を受けて荷台で命からがら助けられたが、傍らにはその女性の自殺死体があった。

[初　出]　「新潮」1988年5月号
[単行本]　1990年　文藝春秋
[文庫版]　1993年　文春文庫
[全　集]　『宮本輝全集』第13巻 1993年 新潮社
　『宮本輝全短篇』下 2007年 集英社
[その他]　『はじめての文学　宮本輝』
　2007年　文藝春秋
　『真夏の犬』には、本作品の他、「暑い道」「駅」「ホット・コーラ」「階段」「力道山の弟」「チョコレートを盗め」「赤ん坊はいつ来るか」「香炉」を収録私の思い出したなつかしい香りは、夫以外からは嗅いだことのないものだった。それは、たとえば腋臭《わきが》だとか、あるいは何か具体的な理由によって生じる単純な匂いではなく、ひとつの固有な肉体から立ちのぼる複雑で仄かな、極めて特殊な香りなのだ。

胸《むね》の香《かお》り

母が脳梗塞で倒れるひと月前、懇願されて神戸のパン屋に連れ立った折、一人息子の「私」は母の告白を受ける。語られたのは、母の入院先で、同室の女性を見舞う若く誠実なパン屋の主人から、亡き夫の独特な香りを嗅いだことと、その裏に秘められた彼の不倫の事実だった。「私」は母の死後もそのパン屋に通うが、妻の深刻な病状に苦笑しながらも、主人が若い女性店員と親しげに言葉を交わす様子を目の当たりにし、店を後にする。

［初　出］　「文學界」1994年1月号
［単行本］　1996年　文藝春秋
［文庫版］　1999年　文春文庫
［その他］　『宮本輝全短篇』下　2007年　集英社
『胸の香り』には、本作品の他、「月に浮かぶ」「舟を焼く」「さざなみ」「しぐれ屋の歴史」「深海魚を釣る」「道に舞う」を収録

長編の名作

「生きていることと、死んでいることとは、もしかしたら同じことかもしれへん。そんな大きな不思議なものをモーツァルトの優しい音楽が表現してるような気がしましたの」

錦繍《きんしゅう》

紅葉に染まる蔵王を訪れた勝沼（旧姓　星島）亜紀が、十年の歳月を経て、かつての夫であった有馬靖明に偶然再会する。これを機に、亜紀は靖明に宛てて一通の手紙をつづる。靖明もまた躊躇《ためら》いがちに手紙をしたためるのだった。両者の間で交わされる往復書簡が、二人の過去のひだに隠されていた部分を次第に解き明かしていく。書簡のやりとりは、やがて現在の互いの生活を見つめ直す作業にもなっていく。

［初　出］「新潮」1981年12月号
［単行本］1982年　新潮社
［文庫版］1985年　新潮文庫
2004年　新潮文庫　改版
［全　集］『宮本輝全集』第2巻
1992年　新潮社

青《あお》が散《ち》る

大阪郊外の新設大学に入学した椎名燎平は、眼鏡の大男、金子慎一に誘われてテニス部の設立に参加する。ひたすらテニスに没頭する大学生活の中で、死に怯える天才・安斎、ひっそりと清楚《せいそ》な祐子、菓子作りで海外から来たペールらとの出会いと別離を経験していく。一方、入学手続きの日に知り合った佐野夏子に恋心を抱くが、彼女の行動に翻弄《ほんろう》され続ける。卒業試験の追試を受けた帰り道、夏子の問いかけに、燎平の出した答えとは……。

［初　出］「別冊文藝春秋」1978年秋号～1982年秋号
［単行本］1982年　文藝春秋
［文庫版］1985年　文春文庫
2007年　文春文庫 新装版
［全　集］『宮本輝全集』第3巻 1992年　新潮社
［その他］1983年～1984年、TBS系列にてドラマ化

生きてるときに、
ほんとに心の底から、
骨の髄から、
死んでもまた生まれ、
また死に、
また生まれるっちゅうことを
信じられたら、世の中で
どんな苦しみに逢うても、
びくともせんやろと思う。

春《はる》の夢《ゆめ》

父親の死によって生活が急変し、借金取りから逃れて母親と別々に暮らす大学生・井領哲之《いりょうてつゆき》。大阪郊外のアパートに引っ越した日、彼が暗がりの中で打った釘は蜥蜴《とかげ》の〈キン〉の胴体を貫いていた。それでも生き続ける〈キン〉との「棲息《せいそく》」の日々が始まる。執拗《しつよう》に迫り来る借金取り、アルバイト先での派閥闘争、恋人の浮気……。山積する憂鬱《ゆううつ》な問題に直面しながらも、前向きに前進する哲之。ある日、〈キン〉を貫く釘を抜くことを決意する。

[初　出]	「文學界」1982年1月号～1984年6月号（「棲息」の題で連載）
[単行本]	1984年　文藝春秋
[文庫版]	1988年　文春文庫 2010年 文春文庫 新装版
[全　集]	『宮本輝全集』第4巻 1992年　新潮社
[その他]	1998年、土田世紀により漫画化（出版:文藝春秋）

おそらく、人間とは、
ひとつの欠点の
消滅によって
新しい美徳が生じる
というのではない。
欠点は欠点のままに、
その人のちょっとした
心の作動によって
美徳に生まれ変わる。

ドナウの旅人《たびびと》

ドナウ河の終わる黒海の朝日を見たいとドイツからオーストリア、東欧諸国を旅する日野絹子。失踪した絹子を追ってドイツに来た娘の麻沙子はかつての恋人シギィと再会する。五十歳の絹子に同行する年下の恋人・長瀬道雄が借金を苦に自殺する気で旅をしていることを知った麻沙子たちは、一緒にドナウ河を下る旅を続ける。長瀬には日本からの追跡者が迫る。旅の終わり、母性的な魅力を放ち始めた絹子の身に起こったこととは……。

［初　出］「朝日新聞」
1983年11月〜1985年5月
［単行本］1985年　朝日新聞社
［文庫版］1988年　新潮文庫
2016年　新潮文庫　改版
［全　集］『宮本輝全集』第5巻
1992年　新潮社
［その他］1989年、ANB系列にてドラマ化

「環境というのは、手ごわい敵です。
環境なんか、簡単に変えられそうな
気がするんやけど、とんでもない。
そうすんなりとは変わってくれへん。
環境が人間を変えます。
人間も環境を変えられるんやけど、
これには途轍《とてつ》もない力と努力が必要です。」

夢《ゆめ》見《み》通《どお》りの人々《ひとびと》

大阪の商店街、夢見通りには、男色と噂《うわさ》されているカメラ屋の主人、美男のバーテンしか雇わないスナックのママ、性欲を持て余している肉屋の兄弟など、ひと癖もふた癖もある人々が住んでいた。詩人志望の里見春太は、美容師の光子に思いを寄せるが、その思いをうまく伝えられないでいた。そんな中春太は、ときには中華料理屋の夫婦喧嘩《げんか》の仲裁役として、ときには駆け落ちした二人の相談役として、さまざまなかたちで街の人々と関わり合っていく。

[初　出]　「小説新潮」1982年9月号～1985年11月号（初篇:「時計屋の息子」）
[単行本]　1986年　新潮社
[文庫版]　1989年　新潮文庫
[全　集]　『宮本輝全集』第6巻　1992年　新潮社
[その他]　1989年、森崎東監督により映画化（配給:松竹）

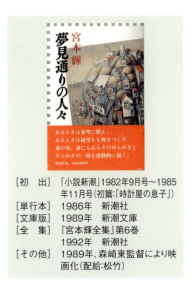

「気品のない馬は走りません。いい競走馬は、すべて気品というものを持っています。人間もおんなじですよ。品のない者は大成しない」

優駿《ゆうしゅん》

北海道静内《しずない》の小さな牧場に生まれたサラブレットの仔馬《こうま》は「オラシオン」（祈り）と名づけられた。その馬主になった和具《わぐ》平八郎の娘・久美子は、腎不全に苦しむ腹違いの弟・誠へ、生きる希望にとオラシオンを贈る。息子の病死に苦しむ中、平八郎は和具工業の経営を奪われてしまう。三歳になり、次々とレースを制するオラシオン。そのダービーでの勝利に平八郎は起業する牧場の成功を賭ける。

［初　出］	「小説新潮スペシャル」'82春号～「新潮」1986年8月号
［単行本］	1986年　新潮社
［文庫版］	1989年　新潮文庫 2013年　新潮文庫　改版
［全　集］	『宮本輝全集』第7巻 1992年　新潮社
［その他］	1988年、杉田成道監督により「優駿 ORACION」のタイトルで映画化（配給：東宝）
［受　賞］	第21回吉川英治文学賞

人間には二種類ある。辛くて寂しくて哀しいことは、いつまでもつづかない。必ず終わるときが来る。その終わったときに、弱くなるか強くなるかの二種類だよ。

花《はな》の降《ふ》る午《ご》後《ご》

亡き夫が遺した神戸の北野にあるフランス料理店「アヴィニョン」を切り盛りする三十七歳の甲斐典子。彼女は若き画家、高見雅道との恋愛にのめり込む一方で、荒木夫妻による店の乗っ取り計画の陰謀に見舞われる。典子を支持する者と敵対する者との感情や利害関係が複雑にからみ合う中、彼女は自らの人生に立ち向かい、前を向いて生きていこうとする。そんな彼女を、周辺の人々が温かく支える。

［初　出］	「新潟日報」夕刊 1985年7月〜1986年3月
［単行本］	1988年　角川書店
［文庫版］	1991年　角川文庫 1995年　講談社文庫 2009年　講談社文庫 新装版
［全　集］	『宮本輝全集』第8巻 1992年 新潮社
［その他］	1989年、大森一樹監督により映画化（配給：東宝） 1989年、NHK総合にてドラマ化

ぼくは、それを知ったとき、
人間には、生と死以外に
大切なものなんてないと思った。
生と死をめぐって、
人間の妄想が、
どうどうめぐりをしてる。
でも、おんなじように、
生と死をめぐって、
奇蹟みたいな実体も動いてる。

海岸列車《かいがんれっしゃ》

幼い頃に母に捨てられた兄妹、手塚夏彦とかおりは、折にふれて日本海沿いを走る列車に乗り、山陰の小さな駅に降り立つも、母がいるかもしれない村に足を踏み入れられずにいた。心の寂しさを紛らわせるように裕福な中年女性のヒモとして暮らす夏彦。かおりは過去の不倫の傷を隠し、急死した伯父の跡を引き継ぎ奔走する。そんな時に兄妹は国際弁護士の戸倉陸離《りくり》に出逢う。三人は、様々な人たちとの不思議な因縁により、生き方を変える決意をする。

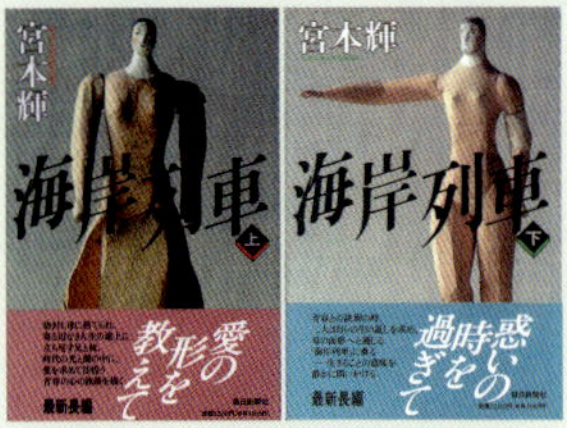

［初　出］「毎日新聞」1988年1月～1989年2月
［単行本］1989年　毎日新聞社
［文庫版］1992年　文春文庫
2015年　集英社文庫
［全　集］『宮本輝全集』第10巻
1993年　新潮社

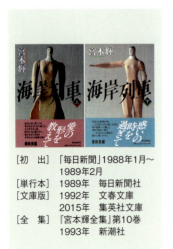

フックだけではない。
生きとし生けるものは、
すべて〈突如、彗星の如く〉
あらわれて消えて行く。
いったい、どこからあらわれて、
どこへ消えて行くのであろう。

彗星物語《すいせいものがたり》

小学校六年生の城田恭太の家は、十二人と犬一匹の大家族。ある日、城田家にハンガリーから留学生ボラージュがやって来た。生活習慣の異なるボラージュと家族との摩擦に続いて、姉・真由美の恋愛、父の妹の前夫の出現など、家族に様々な問題がわき起こる。しかし、愛犬フックととぼけた祖父の福造、ボラージュの存在によって家族は絆を強めていく。そんな家族にやがて旅立ちと別れのときがやってくる。

［初　出］　「家の光」1989年1月号～1992年1月号
［単行本］　1992年　角川書店
［文庫版］　1995年　角川文庫
　　　　　　1998年　文春文庫
［その他］　1994年、TBS系列にて『カミング・ホーム』のタイトルでドラマ化
　　　　　　2007年、TBS系列にてドラマ化

「明るく振る舞うことの凄さ。感謝する心の大切さ。いつのまに、人間どもは、そんな極意みたいなことを、陳腐でお説教臭い、子供じみた言葉として、あざ笑うようになったんだろうな。なにかにつけて、簡単なことを実践できないくせに、複雑なことをありがたがる」

「健康で、貧乏でもないのに、自分を幸福だと思えないからよ」

朝《あさ》の歓《よろこ》び

妻を亡くした江波良介は、会社を辞めたことを子どもたちに告げないまま旅に出る。かつて不倫関係にあった小森日出子の故郷を訪ねて再会した二人は、過去に足りなかったものを求めるように、彼女が学生時代に出逢った少年の成長を確かめるためにイタリアのポジターノへ旅立つ。親子、兄弟、親友、知己、そして男と女。巡り会った人々が、それぞれの人生の途上を歩き続けるなかで、幸福を問い、生きることの歓びを見つめ直す。

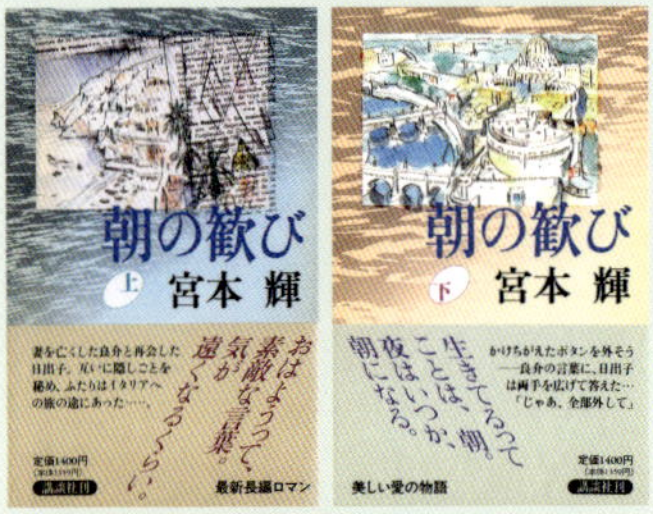

[初　出]「日本経済新聞」
1992年9月〜1993年10月
[単行本] 1994年　講談社
[文庫版] 1997年　講談社文庫
2014年　講談社文庫 新装版

「ある一定の線よりも、
ほんの少し心根がきれいだったり、
ほんの少し賢明だったりするだけで、
人間は平和に生きていけるんだろうな」

人間《にんげん》の幸福《こうふく》

居住するマンションの近くで起こった殺人事件で警察に取り調べられた松野敏幸は、住人たちを尾行することに愉悦を感じるようになる。闇の人生をのぞき見た敏幸にも隠したい浮気相手がいた。三階に住む清楚《せいそ》に見える中年の女が若い同僚の愛人で、被害者の夫をはじめ多くの男たちを性的魅力で支配する。そこには、危うい人間関係が渦巻いていた。敏幸の見たリアルな人生には様々な「幸福」が映し出されていた。

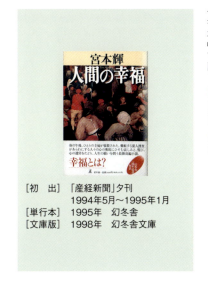

［初　出］　「産経新聞」夕刊
　　　　　　1994年5月～1995年1月
［単行本］　1995年　幻冬舎
［文庫版］　1998年　幻冬舎文庫

私たちの生きている世界は、刺激に満ち、騒音だらけで、不快な色や形が氾濫し、人々は他人に優しくなく、心を機械的に操ろうとし、弱い者を捨てようとする……。繊細であればあるほど、人は、群衆と機械と情報のなかで、ひとりぼっちになっていくことだろう。

私《わたし》たちが好《す》きだったこと

昭和五十五年（一九八〇）の東京。工業デザイナーを志す北尾与志《よし》は、入居倍率が七十六倍ある3DKの公団住宅の抽選に当選する。昆虫に魅入られた写真家の佐竹専一（通称「ロバ」）、不安神経症を患う愛子、美容師として活躍する曜子がひょんなことから同居することになり、男女四人の奇妙な共同生活が始まる。共に夢を語り、励まし合うなかで、二組の愛が生まれるが、互いの幸せを願う「優しい心根」が、やがてその愛のかたちを変えていく。

［初　出］	「小説新潮」1992年9月号〜1995年8月号
［単行本］	1995年　新潮社
［文庫版］	1998年　新潮文庫
	2005年　新潮文庫　改版
［その他］	1997年、松岡錠司監督により映画化（配給：東映）

近くにあるのに、見えない場所……。
私の祈りとは何だろう。
私は、祈りの叶う場所を
求めようとは思わない。
祈りの叶う人間になりたいと思う。
だいそれた祈りではなく、
ささやかであっても
大切な祈りが……。

月光《げっこう》の東《ひがし》

旧友の自殺をきっかけに、杉井純造は、「月光の東まで追いかけて」という言葉を残して中学時代に転校した、塔屋米花《よねか》の来し方と消息を探りはじめる。突然夫に自殺された加古美須寿《みすず》は、己の思いを日記につづり次第に傷を癒やしていくなかで、夫の背後にいた米花という女性を知りたいと、その行方を追い求める。やがて彼女と関わった人たちの語りによって、夢や欲望に忠実に生きる凛としたひとりの女性の半生が明らかにされていく。

［初　出］　「中央公論」1995年1月号～1997年11月号
［単行本］　1998年　中央公論社
［文庫版］　2000年　中公文庫
　　　　　　2003年　新潮文庫

怖がって生きるのも一生。安心して生きるのも一生。
少々、何があろうとも、安心しているという修養を、
自分もまた努力して己に課さなければならない。

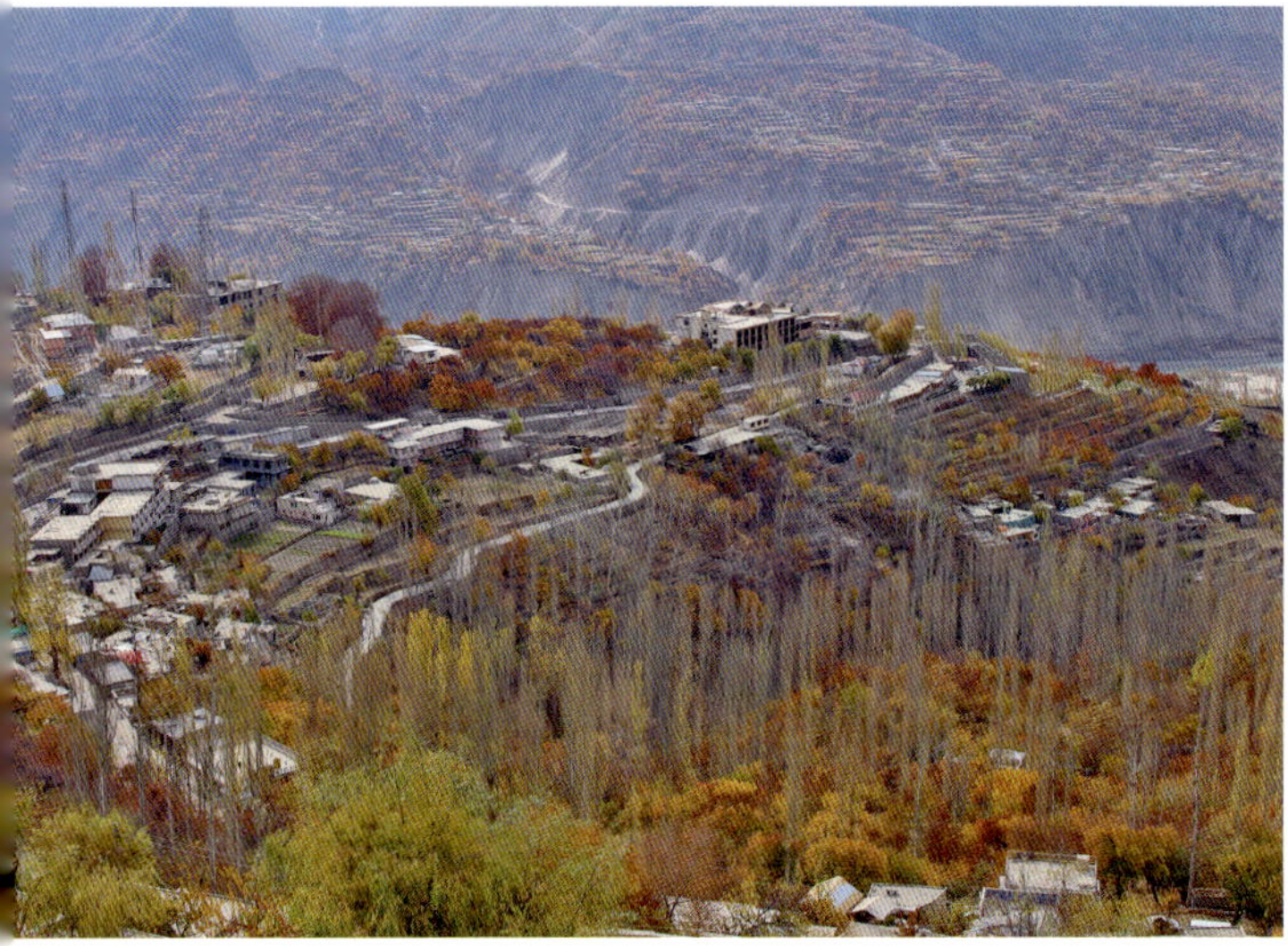

草原《そうげん》の椅子《いす》

離婚して娘と暮らす遠間《とおま》憲太郎は、陶器店を営む篠原貴志子に恋心を抱いていた。ある日、母親から虐待を受けていた四歳の少年、圭輔と出会い、その世話を手伝うことになる。憲太郎は、取引先の社長で親友の富樫重蔵とこれからの生き方を模索すべく、「生きて帰らざる海」を意味するタクラマカン砂漠と「世界最後の桃源郷」パキスタン・フンザへの旅を企図する。貴志子を誘い、さらには圭輔を同行し、四人の再生の旅が始まる。

［初　出］　「毎日新聞」1997年12月〜1998年12月
［単行本］　1999年　毎日新聞社
［文庫版］　2001年　幻冬舎文庫
　　　　　　2008年　新潮文庫
［その他］　2013年、成島出監督により映画化（配給：東映）

「不運な人も、幸運な人も、
それを『運』ていうひとことで片づけたりするけど、
その運は、なにか人智ではかりしれんもんが
分配したんやない……。
やっぱり、その人が作りだしたんやって思うねん。」

約束《やくそく》の冬《ふゆ》

不慮の事故で亡くなった父の家に母親と十年ぶりで戻り、見知らぬ少年から奇妙な手紙を受け取ったことを思い出す氷見留美子。先妻の連れ子の長男・俊国から手紙を留美子に渡したことを告げられる食器製造会社の社主・上原桂二郎。上原の先妻の父親で、岡山県総社市に住む須藤潤介。上原と結婚前に付き合っていた女性との間に生まれた娘・新川緑……。東京、総社市、軽井沢、台湾を舞台に、それぞれが「約束」を果たそうと誠実に生きていく。

[初　出]　「産経新聞」2000年10月～2001年10月
[単行本]　2003年　文藝春秋
2004年　文藝春秋 改訂版
[文庫版]　2006年　文春文庫
[受　賞]　第54回芸術選奨文部科学大臣賞文学部門

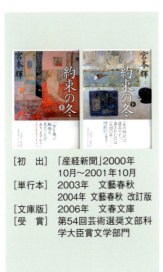

人は嫉妬する生き物なのよ。どこで誰が何を理由に、ひとりの人間に嫉妬の心を抱いてるかわかったもんじゃない。人間が抱く嫉妬のなかで最も暗くて陰湿なのは、対象となる人間の正しさや立派さに対してなの。

骸骨《がいこつ》ビルの庭《にわ》

大阪十三《じゅうそう》に立つ「骸骨ビル」を相続した復員兵の阿部轍正《てつまさ》は、行き場をなくした戦災孤児たちを「パパちゃん」として受け入れる。その独自の教育は、ビルの庭で子どもたちと有機堆肥を用いた畑仕事をすることだった。平成元年（一九八九）、孤児の一人に性的暴行を行っていたとの誹謗《ひぼう》のなかで阿部は死ぬ。友人の茂木泰造たちは汚名を晴らそうとするが、その阿部には内部から照らす「歓《よろこ》び」の光があった。

［初　出］「群像」2006年6月号～2009年2月号
［単行本］2009年　講談社
［文庫版］2011年　講談社文庫
［受　賞］第13回司馬遼太郎賞

心は画師の如し、じゃないのよ。巧みなる、っていう言葉が付くのよ。つまり、心に描いたとおりになっていくってことなのよ。心には、そんな凄い力がある…。だから、不幸なことを思い描いちゃいけない。悲しいことを思い描いちゃいけない。不吉なことを思い描いちゃいけない。楽しいこと、嬉しいこと、幸福なことを、つねに心に思い描いてると、いつかそれが現実になる。

水《みず》のかたち

門前仲町に住む五十歳の主婦、能勢志乃子《しのこ》。店を閉めるという喫茶「かささぎ堂」の夫人から文机、手文庫、志野の抹茶茶碗を貰い受けた。茶碗は美術館に収まるほどの掘り出し物であることが判明し、手文庫からは終戦で北朝鮮から引き揚げてきた家族の生々しい手記が見つかった。骨董通りの叔父、コンサルタント会社の社長、一階の不動産屋、大学時代の同僚のジャズシンガー……。人と人とのつながりが「幸福」を呼ぶ。

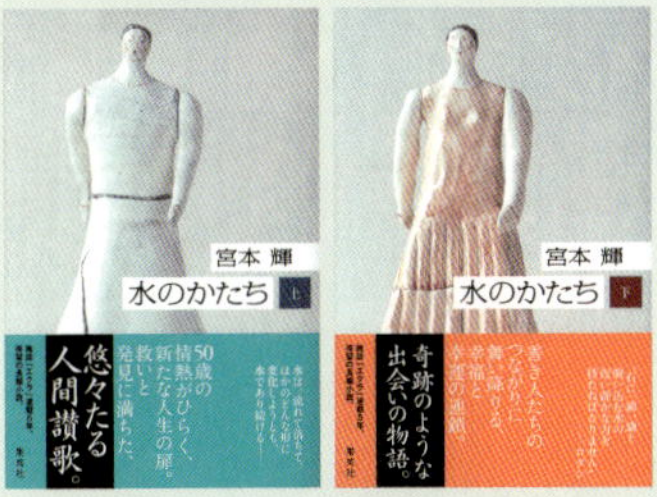

[初　出]　「éclat」2007年10月号～2012年7月号
[単行本]　2012年　集英社
[文庫版]　2015年　集英社文庫

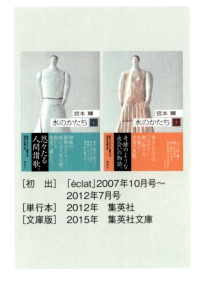

好不調はつねに繰り返しつづけるし、浮き沈みはつきものだが、自分のやるべきことを放棄しなければ、思いもよらなかった大きな褒美が突然やって来る。

田園発《でんえんはつ》 港行《みなとい》き自転車《じてんしゃ》

東京の暮らしに馴染《なじ》めず故郷の富山に帰ってきた脇田千春は、実家でふさぎ込んでいたが、親戚の中学生、夏目祐樹と触れ合ううちに、自分らしさを取り戻していく。一方、絵本作家の賀川《かがわ》真帆は、十五年前に出張で宮崎に行くと言い置いたまま縁もゆかりも無いはずの富山で急死した父の死のことが気になっていた。友人とともに出かけた自転車で富山県内を巡る旅が、人と人を結ぶあたたかい縁の中に真帆を飛び込ませることになる。

［初　出］「北日本新聞」
2012年1月〜2014年11月
［単行本］2015年　集英社

—花にも草にも木にも心がある。嘘だと思うなら本気で話しかけてごらん。植物たちは褒められたがってるのよ。だから、心を込めて褒めてやるんだよ。そうしたら必ず応じてくれるよ。—

草花《くさばな》たちの静《しず》かな誓《ちか》い

叔母の菊枝《きくえ》が旅行中の日本で急逝した。甥《おい》の弦矢は住居のあるロサンゼルスに向かい、弁護士から莫大な遺産の相続と、死んだとされている一人娘はスーパーで連れ去られ行方不明であることを知らされる。叔母は娘が生きていたら七割は娘に相続させると遺言していた。探偵リコの調査によって娘の秘密が徐々に明らかになる。それとともに叔母が遺言に込めた願い、庭師のダニーによって美しい庭が守られている理由も明らかになる。

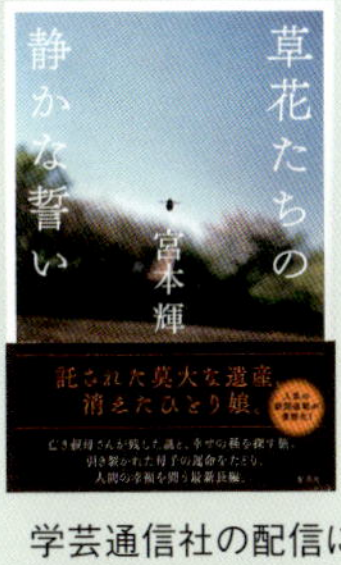

［初　出］　学芸通信社の配信により、「四国新聞」「山陰中央新報」「苫小牧民報」「神戸新聞」「山陽新聞」「佐賀新聞」「東奥日報」「山梨日日新聞」「南日本新聞」「大分合同新聞」「東海愛知新聞」「上越タイムス」「宇部日報」「桐生タイムス」
2015年3月～2015年12月

［単行本］　2016年　集英社

「田園発　港行き自転車」直筆原稿

「北日本新聞」で平成二十四年（二〇一二）一月から足掛け三年にわたって連載された「田園発　港行き自転車」の直筆原稿。原稿用紙一二〇〇枚におよぶ長編。これ以後は、ワープロ原稿となるため、本作が直筆原稿として最後の作品となる。

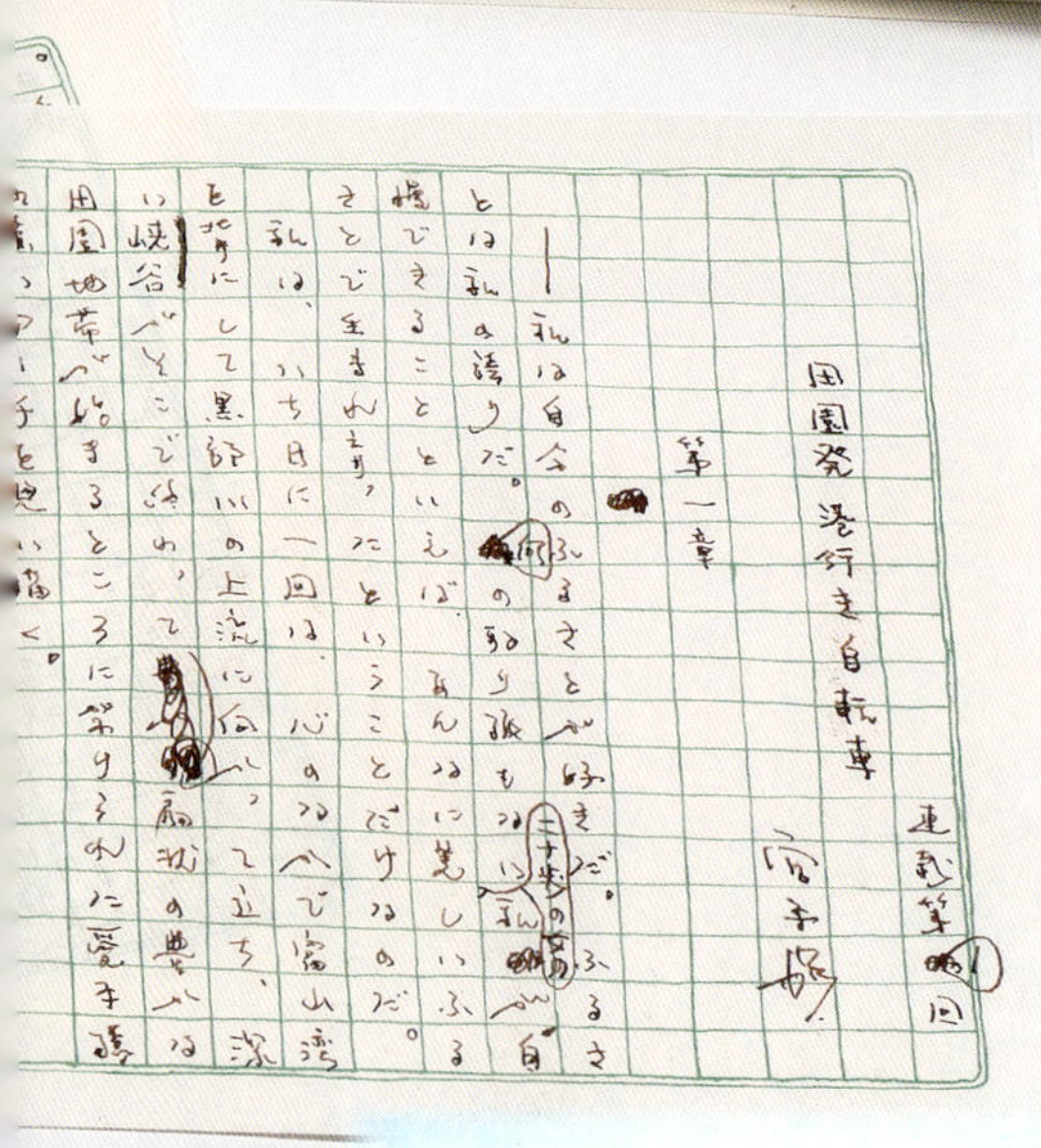

小説「田園発 港行き自転車」挿絵

「北日本新聞」での連載は、毎回紙面1ページ全面に掲載され、洋画家・藤森兼明がその挿絵を担当した。物語に登場した風景や象徴的なシーンが水彩の淡いタッチで描かれている。（上）「愛本橋秋色」（左）「ママチャリ」

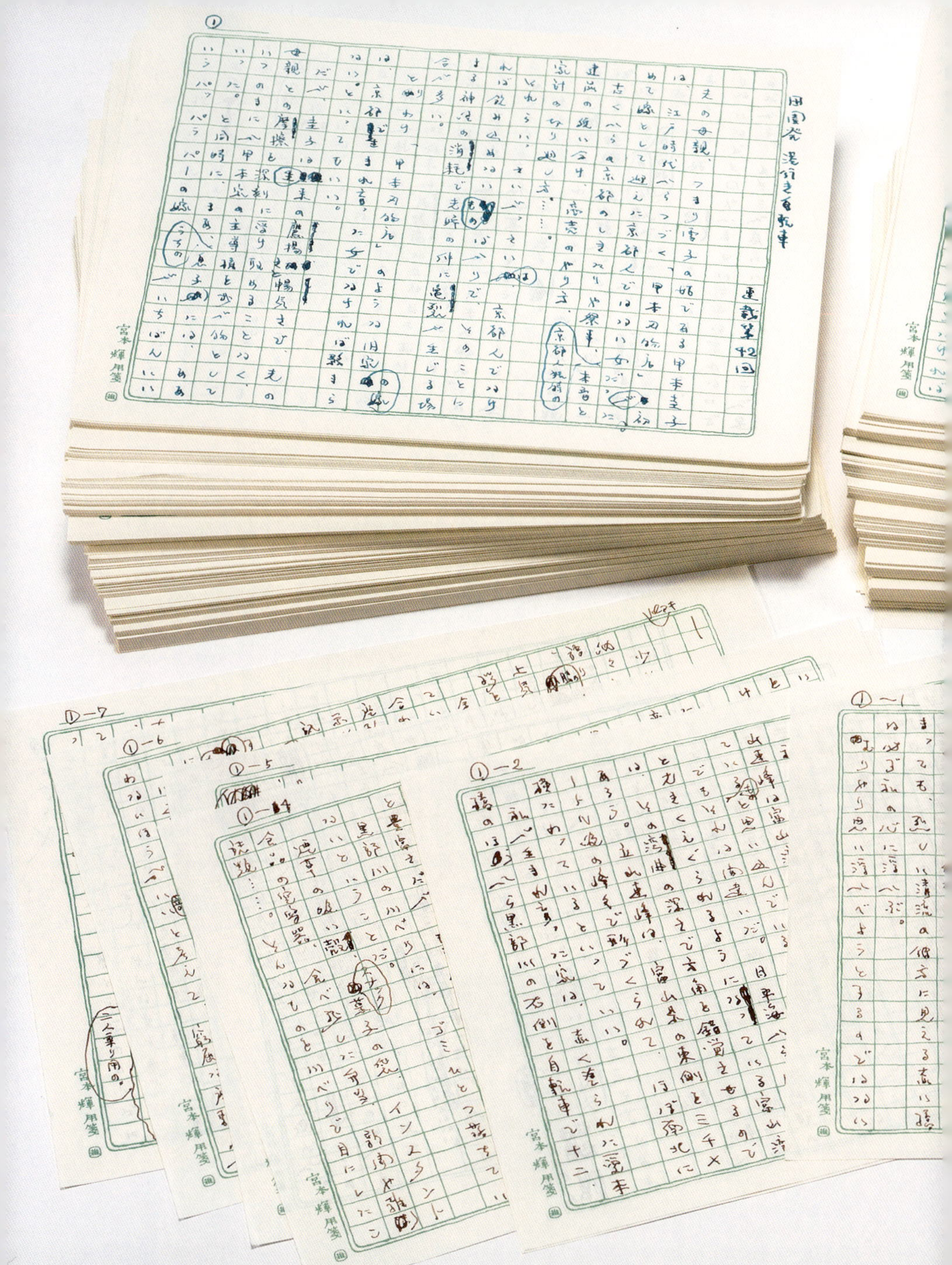

平成23年（2011）～平成26年（2014）

大河小説

「流転の海」

「流転の海」シリーズは、昭和五十七年（一九八二）に「海燕」（福武書店）で連載を開始して以来（第二部「地の星」以降は「新潮」に連載。）、三十五年におよぶ宮本輝のライフワークとなる自伝的長編大作。宮本自身の父をモデルとした実業家・松坂熊吾と、非情な運命に翻弄《ほんろう》される母と子の、波乱の人生が描かれている。

「死ぬのは必然の成り行きよ。そのために生まれて来たんじゃあらせん。人間はしあわせになるために生まれて来たんじゃ。しあわせも、人それぞれによって違うやろが、健康で長生きするっちゅうことは、しあわせっちゅうこととの根本をなすもんじゃ。」（熊吾の言葉）

流《る》転《てん》の海《うみ》

愛媛県一本松村出身の松坂熊吾は、五十歳にして初めて子供を授かった。生まれつき病弱なわが子・伸仁を前に、この子が二十歳になるまでは、絶対に死なないと熊吾は誓う。敗戦から二年目、大阪の闇市で、徴兵のため一時たたんでいた自動車部品会社・松坂商会の再起を果たした熊吾は、機知に富んだ経営力と旧知の協力により、再び大きな利益を得るのだった。そんな矢先、信頼していた部下の裏切りに遭ったのを機に、熊吾は新しい生き方を模索し始める。

［初　出］　「海燕」1982年1月～1984年4月
［単行本］　1984年　福武書店、1992年　新潮社
［文庫版］　1990年　新潮文庫、2005年　新潮文庫　改版
［全　集］　『宮本輝全集』第12巻　1993年　新潮社
［その他］　1990年、齋藤武市監督により映画化（配給:東宝）

地《ち》の星《ほし》（流転の海　第二部）

同じ環境下にあっても、美しく咲く花もあれば、咲く前に散ってしまう花もある。その違いは、個々の花が持つ性癖や生命力といった本源的な、姿を見せない核みたいなものによって左右されるのであろう。

昭和二十四年（一九四九）、松坂熊吾は、病弱な妻子の健康を思って、大阪での事業をたたみ、郷里の愛媛県南宇和へと住まいを移す。大自然の中ですくすくと育つ伸仁を見守りながら、持ち前の行動力と周囲からの信頼を武器に、様々な難題を乗り越えていく。ところが、幼なじみと名のる一人の男の出現が、熊吾の静かな生活を脅かす。熊吾は彼と因縁の決着をつけるが、故郷で安全に生きようとすることに疑問を抱き、新たな決意を固める。

血《けつ》脈《みゃく》の火《ひ》（流転の海　第三部）

「魔がさすという言葉があるが、人間は絶望して疲れると、魔に負ける。魔というやつは、こんにちはと声をかけて玄関から入ってはこんけんのお……」（熊吾の心のつぶやき）

昭和二十七年（一九五二）、愛媛県南宇和から大阪へ再び家族で戻って来た熊吾は、中之島に、雀荘や中華料理店、消火用ホースの修繕を請け負うテントパッチの会社を開設し、多角経営に乗り出す。四国に住む母と妹一家も大阪へ来るが、「愛媛へ帰りたい」と言う母が行方不明になってしまう。次々と事件や騒動が起こる中、伸仁は小学生となり、大阪という都会の中でのびのびと育っていく。そのような中、熊吾は新たにきんつばの製造販売業を興す。

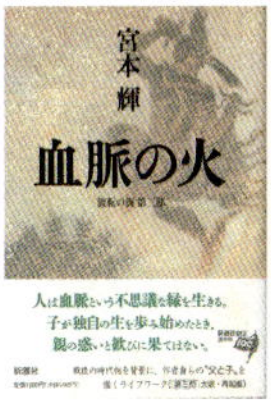

天《てん》の夜《や》曲《きょく》（流転の海　第四部）

人々を楽しませ、人々の役に立ち、人々を癒すために生まれたからこその品格が小さな花にも厳と存在するならば、人間もまた同じではあるまいか。

昭和三十一年（一九五六）、熊吾が営む大阪の中華料理店は、集団食中毒事件の濡れ衣を着せられ、閉店を余儀なくされる。事業の再起を期して、一家は富山へ移り住むが、新事業の共同出資者に対し不安を感じた熊吾は、妻子を残して一人大阪に戻り、中古車事業の拡大に奔走する。事業は波に乗り始めた矢先、仲間の裏切りに遭うのだった。

妻・房江の喘息発作を機に、一時富山に戻った熊吾は、家族三人の新しい生活を模索する。

花《はな》の回廊《かいろう》（流転の海 第五部）

「時がたったら、思いもかけん宝物に変わっちょったっちゅうのが人生というものの不思議じゃ。」（熊吾の言葉）

昭和三十二年（一九五七）、熊吾は大阪で再起を賭け、妻・房江とともに電気も通らない空きビルに暮らしていた。十歳になった伸仁は、尼崎の集合住宅に住む熊吾の妹・タネ一家に預けられることになった。「貧乏の巣窟」とも評されたその「蘭月ビル」には、さまざまな事情を抱えた人々が住んでいた。伸仁は、人の死や傷害事件など、人間の裏側の世界にもまれながらも力強く育っていくのだった。

一方、熊吾は大規模な駐車場運営に乗り出す。

慈雨《じう》の音《おと》（流転の海 第六部）

世の中で起こることに、巡り合わせが悪かったとか、偶然にというようなものはない。必ず原因があるのだ。

昭和三十四年（一九五九）、大阪市福島での駐車場管理人としての仕事も順調に進み、家族三人が平和に暮らす中、妻・房江の心配もよそに、松坂熊吾は再び事業を始めようと中古車販売店を開業する。房江は心労をつのらせ、断っていた飲酒を再び始める。城崎に住むヨネの死と散骨、蘭月ビルに住んでいた月村兄妹の北朝鮮帰還、海老原太一の自殺など、多くの別れが訪れる。病弱だった伸仁も中学生になり、思春期を迎える。

満月《まんげつ》の道《みち》（流転の海 第七部）

「大工は家を建てるのが行。医者は病人を治すのが行。（中略）どんなものでも、行が伴って万般に通じる何かをそれぞれが会得していく。勉学もそうじゃ。」（熊吾の言葉）

昭和三十六年（一九六一）、三年後に東京オリンピックをひかえ、日本中が好景気に包まれる中、松坂熊吾は引き続き大阪市福島で駐車場管理人と中古車販売店の両方を手がけている。伸仁は高校生となり、身長は熊吾を超えた。房江は飲酒癖が治らないものの、夫・熊吾の事業を支え、周栄文の娘・麻衣子母娘の面倒を見るのだった。順調に進んでいた中古車事業には、経理担当者の不正や、熊吾の過去の愛人・森井博美の出現を機に、暗い影が忍び寄る。

長流《ちょうりゅう》の畔《ほとり》（流転の海 第八部）

善と悪とのせめぎ合いだ。（中略）善を幸福と置き換えるなら、悪とは不幸ということになる。幸福と不幸のせめぎ合いだ。どっちへ転ぶか紙一重だ。なんと人間は恐ろしい世界で生きていることであろう。

昭和三十八年（一九六三）、松坂熊吾は会社の金を横領され、金策に窮していた。大阪中古車センターをオープンさせるが、別れたはずの愛人・博美との関係を復活させ、それが妻・房江に知られてしまう。心を痛めた房江は城崎の麻衣子の家で自殺を図るのだった。家を出た熊吾の糖尿病は悪化し、大怪我《けが》を負う。会社の不振も依然として続く。伸仁は借金の取り立て屋から身を隠すため、押し入れの中での読書に耽る。

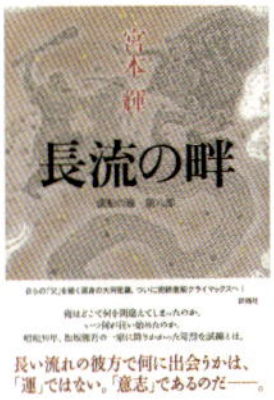

野《の》の春《はる》（流転の海 第九部）

俺がなぜ男同士の恋にこれほど強い印象を抱いたのか。それは、人間というものの底深さを感じたからだ。規範や習俗からいささか逸脱しているからといって忌み嫌い排除することは間違っていると知ったからだ。

昭和四十一年（一九六六）、一人暮らしを続ける熊吾は、名刀関孫六を売った代金の半分を、愛人の博美が小料理屋を買うために使うことを決意する。妻の房江は社員食堂に勤務し、元気を取り戻した。熊吾は大学生になった息子・伸仁を前に、若い頃に中国で見た光景を語る。昭和四十二年（一九七七）三月、伸仁の二十歳の誕生日を、梅田の明洋軒にて久々に家族三人で過ごした熊吾一家。そこに一体どのようなラストシーンが待ち受けるのか……。

	初出	単行本	文庫版	全集
地の星 流転の海 第二部	「新潮」1990年1月～1992年9月	1992年　新潮社	1996年　新潮文庫 2005年　新潮文庫　改版	『宮本輝全集』第12巻 1993年　新潮社
血脈の火 流転の海 第三部	「新潮」1993年1月～1996年2月	1996年　新潮社	1999年　新潮文庫	
天の夜曲 流転の海 第四部	「新潮」1999年4月（「新潮4月臨時増刊」）～2002年4月	2002年　新潮社	2005年　新潮文庫	
花の回廊 流転の海 第五部	「新潮」2004年6月～2007年4月	2007年　新潮社	2010年　新潮文庫	
慈雨の音 流転の海 第六部	「新潮」2009年7月～2011年6月	2011年　新潮社	2014年　新潮文庫	
満月の道 流転の海 第七部	「新潮」2012年1月～2013年12月	2014年　新潮社	2016年　新潮文庫	
長流の畔 流転の海 第八部	「新潮」2014年6月～2016年4月	2016年　新潮社		
野の春 流転の海 第九部	「新潮」2016年10月～2017年10月（連載中）			

熊吾一家を追って――

「流転の海」の舞台を旅する

人物の肩書き、年齢は新聞掲載当時のものです。

房江、伸仁親子が暮らした富山市大泉本町から少し上流のいたち川。一帯は住宅街になったとはいえ、今も田畑が残り当時を思わせる光景が広がっている。

北日本新聞社編集局文化部長　寺田　幹
文化部記者　藤木　優里

宮本輝さんの代表作「流転の海」シリーズは、三十五年にわたって書き続けられた自伝的大河小説である。戦後を生きた主人公、松坂熊吾の目を通して描かれたのは、復興から高度経済成長に向かう中、困難を乗り越えて生きた人々の貴さだ。熊吾一家と取り巻く人々の残像を求め、物語の主要な舞台を旅した。

北日本新聞二〇一七年八月七日〜二十一日掲載(全五回)

いたち川べりを取材する宮本輝さん。少年時代の思い出を確かめていた。=1999年3月富山市

2011年に開業した5代目の大阪駅。近未来都市のような
モダンなデザインでかつて熊吾が見た光景はみじんもない。

コインパーキングとなった曽根崎小跡地。超高層ビルの建設が決まっている。＝大阪市北区

房江が手づかみでアユを捕っていた僧都川。護岸工事で川幅は変わっているが、水の美しさは変わらず、今でもアユなどさまざまな魚が生息している。＝愛媛県南宇和郡

熊吾が伸仁を肩車しながら夜道を歩き星を眺めた旧一本松村広見の農道。熊吾は山に囲まれた広大な田園を「巨大な土俵」と呼んでいた。＝愛媛県南宇和郡

御影公会堂の屋上から見た御影地区。古い家はほとんど見られない。画面左奥が宮本さんや伸仁の生家があった場所。＝神戸市

熊吾一家を追って——「流転の海」の舞台を旅する

城崎の温泉街を流れる大谿川。川端柳が風情を醸し出している。＝兵庫県豊岡市

円山川に架かる城崎大橋。ここで房江が見上げた月は、幸せを象徴するような満月だった。＝兵庫県豊岡市

熊吾一家が住んだ中之島にかかる橋から見た堂島川。すぐ先で土佐堀川と合流し、安治川となって大阪湾に注ぐ。＝大阪市北区

1 いたち川

心映し、行く末も暗示

同じ体験 新たな物語に

長寿地蔵に延命地蔵、福徳地蔵……。川に沿って歩いていると、祠《ほこら》が幾つもあるのに気付く。富山市を流れるいたち川だ。釈迦《しゃか》如来合掌地蔵という名の地蔵まであった。なぜ、こんなにあるのか。「それだけ鎮《しず》めなければならないほど氾濫が絶えなかったんですよ」。富山近代史研究会の竹島慎二会長（66）が語る。

いたち川は、旧大山町の上滝から14キロにわたって流れる。戦国時代には佐々成政が真っ先に治水に手を付けたほどの暴れ川だった。洪水は江戸期だけで30回近い記録が残る。「川の名前自体、常願寺川の堤防がいたちの巣穴から崩れて川ができたという説があるほどなんですよ」と竹島会長。先人の治水の努力を経て、現在は桜並木や大泉の「ドンドコ」など、四季折々にまちなかを彩る川として親しまれている。

全9部にわたる宮本輝さんの「流転の海」シリーズは、登場人物たちの暮らしのそばに必ず川が流れている。大阪市内が舞台なら土佐堀川や堂島川、場面が城崎温泉（兵庫）に移れば円山川や大谿《おおたに》川。熊吾や妻の房江、息子の伸仁《のぶひと》ら登場人物の心を映し、時には行く末も暗示してきた。

１９５６年の富山が描かれた第４部「天の夜曲」に登場したのが「いたち川」だった。自伝的な性格が色濃いだけに、「天の夜曲」は、小学４年の１年を過ごした富山での暮らしを下敷きにしている。

熊吾一家が富山に来たのは、大阪での数々の事業に見切りを付け、地方の中古車部品業に再起を懸けてのことだった。だが、すぐに行き詰まり、熊吾は一人大阪に戻る。残された房江と伸仁は、見ず知らずの土地で懸命に生きる。

一家が最初に住み込んだのは、豊川町にある自営業の家だった。中央通りからやや北に入った一帯は、民家が軒を連ね、近くをいたち川が流れる。小説では、行き交う市電に「雪見橋」「月見橋」の名前。電停近くの精肉店や路地裏の柔道場にも触れてある。大の宮本ファンで、富山市の中心市街地で生まれ育った大林千永子さん(62)＝高岡市木津＝は「『天の夜曲』は昭和30年代の富山が箱庭のように再現されている。本を手にまちを歩くと幼い頃の記憶がよみがえる」と話す。

　熊吾が帰阪し、房江、伸仁親子はいたち川の上流にある大泉本町の農家に間借りする。今は住宅が密集するエリアだが、当時はまだ田畑が広がっていた。2人の不安は、増したことだろう。

　そんな2人を気に掛けて、熊吾はしばしば富山に戻り、伸仁をサイクリングに誘い出す。いたち川に沿ってペダルをこぎながらの会話が温かい。立山連峰を背に熊吾は、これまで教えた生きる上で大事な言葉を伸仁に暗唱させる。「弱いものをいじめちゃあいけん」「自尊心よりも大切なものを持って生きにゃあいけん」「なにがどうなろうと、たいしたことはあらせん」

　この場面、宮本さんの実体験と重なる。「父は自転車で行けるはずもないのに『立山へ向かっていこう』と言いました。雄大な風景の中でする話は不思議と受け入れられた。親父の説教も耳に入ってくるんです」

　思い出は後に、富山を舞台にした新たな物語を生み出す。２０１２年から3年間本紙に連載した「田園発　港行き自転車」だ。取材で黒部川の上流から富山湾を眺めた時、宮本さんは田園を自転車ですーっと走っていく主人公のイメージが浮かんだという。小説のコアになる部分がはっきり形になり、題名まで決まった。珍しい体験だった。

　同じ富山を舞台にしながら、「天の夜曲」が豪雪の寒々しい場面から始まったのに対し、十数年後に執筆された「田園発―」は清流が富山湾に注ぎ込み、黄金色の稲穂が風に揺れる華やかな景色で幕を開ける。熊吾一家を追って始めた旅でまず見えたのは、同じ体験が作家の中で発酵し、新たな物語を生む過程だった。

　では、第1部「流転の海」の冒頭に登場した大阪駅には何があるのか。駅に降り立った熊吾がホームから見たのは、闇市のおびただしいバラックだった。１９４７年の風景を求め、富山駅を出発した。

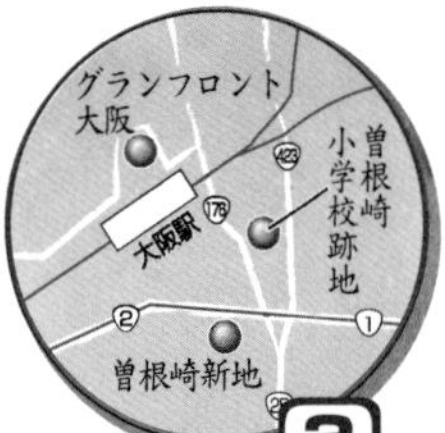

2 大阪駅前

変わる景色、変わらぬ心根

困難に負けず街再興

大阪駅のホームからは、闇市の夥《おびただ》しいバラックが見えていた。「流転の海」シリーズは、主人公の松坂熊吾が列車から降り立った時に見た光景で幕を開ける。終戦から1年半余りの1947年3月。疎開先の古里、愛媛から戻った熊吾は、目の前の光景に再起を決意する。戦前、自動車部品業が成功し、御堂筋の一等地に5階のビルを建てた。神戸に600坪を超す豪邸も構えた。だが、空襲が全てを焼き尽くしてしまった。

大阪ほど、何度も焼け野原を体験している土地はない。古くは大坂夏の陣、冬の陣に始まり、先の大戦では、8度空襲に見舞われた。死者は1万人を超す。浪速っ子たちは焦土となるたびに立ち上がり、まちを再興してきた。

「いちいち落ち込んでたってろくなことないって考える風土があるんですかねぇ」。道頓堀で創業173年のおでん店「たこ梅」の5代目、岡田哲生さん（51）が語る。店も1945年3月の大阪大空襲で焼け落ちた。3代目の松治郎さんは当時、くじらの出汁《だし》だけ抱えて逃げたという。日々注ぎ足し、代々受け継いできた味だ。「金なんて信用があれば貸してもらえる。一番大切なのは『無くなったら取り戻せないもの』ですよ」。きょう生きていれば、明日は何とかなる―。「商いのまち」の人々は、そんな思いで毎日を生きている。

今、大阪駅のホームに立っても目に入るのは高層ビルばかり。現在の駅は2011年に開業した5代目で、デパートやシネコン、ホテル、オフィスを備えた複合施設になっている。南北の駅ビルをドーム屋根がつなぐ巨大な吹き抜け構造は近未来的で、浪速の「こてこて感」は一切ない。

「流転の海」に描かれた戦後の街とのギャップがあらわになる。目に浮かんだのは、熊吾が50歳で授かった息子、伸仁の粉ミルクを調達しようと大阪駅から神戸・三ノ宮に向かう場面だ。

駅前の闇市で熊吾は、ぐったりした赤児を背負う浮浪児に出くわす。用事を済ませ駅に戻る途中、再び浮浪児と出会う。かがみ込み肩を抱いてさとす熊吾。「いつまで背負うとるんじゃ。お前の妹はのお、死んどるんじゃ。早よう降ろして、葬ってやらにゃあいけんのや」。終戦から2年足らずの街には、まだ「爪跡」がしっかりと残っていた。

大阪駅周辺は阪急、大丸の両デパートがリニューアルし、北側の梅田貨物駅跡地では、なおも再開発*が進む。23年にはJR東海道線支線の地下化が終わる。誘致を目指す25年の万博も視野に、都市の新陳代謝が勢いを増す。

駅近くの曽根崎お初天神商店街にも広大な空き地があった。聞けば56階の超高層ビルが建つ予定で、着工までコインパーキングだという。第3部「血脈の火」で熊吾の息子、伸仁が通った曽根崎小学校の跡地だ。作者、宮本輝さんの母校でもある。ドーナツ化現象で子どもが減り、2007年に廃校となった。

道路を挟んで隣にはパチンコ店にゲームセンター。路地にはスナックや居酒屋がひしめき、夜が似合いそう。伸仁が上級生と朝、道路で酔いつぶれた男を「アホ！死んでまえ」とまたいで登校した場面を思い出した。

曽根崎小106回卒業生のスポーツトレーナー、中川弘佳《ひろか》さん（45）＝大阪府箕面市＝は「1学年1クラスしかなく、まち全体が大きな家族のようだった」と振り返る。下校時、客引きの若い男性にも「気ぃつけて帰りや」と声を掛けられた。

多くの人の思いが積み重なった土地は、見た目が変わっても立ち上る匂いがある。中川さんたち106回生は、9月に同窓会を開く。会場は、小学校があった場所を見渡せるビル内の店にした。「小学校は無くなり、商店街の様相も変わったけど、まちに暮らす人々の心根は変わっていない。そんなことを確かめる機会になったら」

生まれ育ったまちへの思い。熊吾も第2部「地の星」で、伸仁を自然豊かな古里で育てたいと愛媛・南宇和郡に移る。故郷に何を求めたのか。確かめることにした。

＊**大阪駅北地区の再開発**　24ヘクタールに及ぶ梅田貨物駅跡の再開発。大阪都心に残る最後の1等地とされ、1999年頃からプロジェクトが本格的に始まった。2003年7月に「大阪駅北地区まちづくり基本計画」が策定され、JR西日本は11年に大阪ステーションシティと名付けた5代目の大阪駅を開業。13年には先行開発区域が「グランフロント大阪」としてオープンした。「うめきた（梅北）」の愛称で現在も工事が進められている。

3 愛媛・南宇和郡

古里は一時の休憩地

濃い人間関係で決意

富山から直線距離で約600キロ、飛行機、鉄道、バスと乗り換え到着した。愛媛県の最南端、南宇和郡。「流転の海」シリーズの主人公、松坂熊吾の古里だ。第2部「地の星」の舞台になった。

大阪で中古車部品業を営んでいた熊吾は、妻の房江と病弱な息子、伸仁の健康を考え、事業からいったん手を引くことにした。穏やかな生活を求め、実家がある南宇和郡の中心部、城辺町へ引っ越す。

第2部は1951年、熊吾と伸仁が木炭バスで一本松村に降り立つ場面から始まる。木炭バスは戦時中、ガソリンなどの燃料消費を抑えるために普及した。戦争の傷跡が癒えつつも、まだ貧しさが残っていた。

一本松村は城辺町の隣村で、高知県宿毛市との県境。現在は愛南町*の一部となっている。同町商工観光課の田中俊二課長（58）は「海も山も近い豊かな自然環境に引かれて、移住したいという声も結構あるんです」と説明する。

熊吾も、伸仁を南国の太陽や空の下で走り回らせたいと古里に戻ってきた。だが、故郷を愛しているわけではなかった。うわさはすぐに広まるし、底意地が悪い人もいる。憎悪に近い感情を持っていた。久しぶりに戻ってきても、土地柄は変わっていなかった。大阪から来た熊吾一家は、村の者から見れば「都落ち」の存在。うわさの対象になった。房江だけでも「僧都川でアユを手でつかむ姿が色っぽい」「熊吾以外の男性と仲が良い」とささやかれた。

うわさ話を耳にした熊吾は、男との関係を疑い房江に暴力をふるう。身に覚えのない房江は失望し、離婚まで考えてしまう。ムラ特有の濃密な人付き合いが、夫婦関係にひびを入れてしまった。

子どもの頃、熊吾に投げられ足が不自由になったことを恨む「上大道《わうどう》の伊佐男」にも付け狙われた。知己が相次いで亡くなるという不幸も降りかかる。「地の星」で古里は、熊吾の安息の地としては描かれていない。

宮本作品のファンで帰省を利用して「地の星」の舞台を訪れていた宇和島市出身の宮本作雄さん（58）＝大阪府豊中市＝は「人のつながりが強いから、確かに話はすぐ広まる。だけど、愛南町は人も自然もすごく良い。だから、僕は何度も足を運んでいる。今日で何度目か数え切れないほどですよ」とフォローする。

どろどろした人間関係とは対照的に、美しい自然は熊吾や房江の心を落ち着かせた。一本松村の紅一色に染まったレンゲ畑や高台から眺めた深浦港、穏やかな入り江を備えた隣町の御荘湾……。中でも、星がまたたく夜空が気に入っていたのだろう。熊吾が伸仁を肩車して夜道を歩いた一本松村の広見地区。周りに家はなく、目に入るのは低い山と星空だけ。「お前の中にも、この空よりもでっかい宇宙がある」。目の前の光景を通じて、将来の可能性が無限に広がっていることを教えた。

夜に家族3人で僧都川の土手を歩いた時は「星は自分で光っちょるんやあらせんぞ。けし粒みたいな星ひとつでも、こっちの目次第で闇を晴らしよる」と星の光を人生と照らし合わせた。

「『こんなきれいな空が見えるのか』と驚いていましたよ」と振り返るのは、広見地区に暮らす大西義喜さん（63）。宮本さんの遠縁で、執筆当時、取材先を案内した。最も空が澄む11月だった。「衝撃を受けたからこそ、タイトルも『地の星』になったのではないでしょうか」

時は流れ、4歳だった伸仁は5歳になり、体調を崩さなくなった。「房江と伸仁には田舎が合っている」と住み続けることも考えた。しかし熊吾は「商売に失敗して郷里に引きこもったのではない。妻と幼い一人息子の体を丈夫にするために、いったん休憩しにきたにすぎない」と、自分らしい生き方を追求する道を選ぶ。

「世の中が大きく動いちょる場所に戻らにゃいけん」。舞台は再び混沌《こんとん》とした大阪に戻る。

＊愛南町　愛媛県最南端の町で、2004年に一本松町や城辺町など、南宇和郡の5町村が合併してできた。人口は約2万2千人で面積は約240平方キロ。入り組んだ海岸部は「足摺宇和海国立公園」に指定されている。特産品には「愛南びやびやかつお」や河内晩柑（ばんかん）「愛南ゴールド」がある。

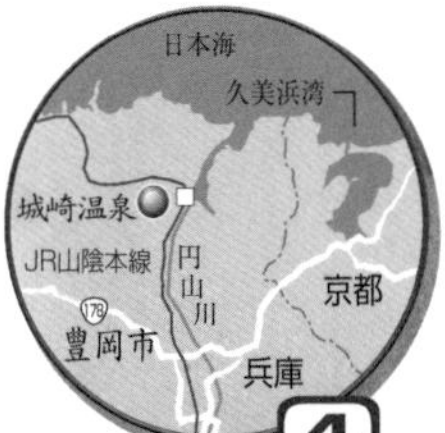

4 城崎温泉

湯治場は再生の地

体と心癒やす場所

料理店にバー、ホテルと、文豪が愛した店は、とかく語り継がれる。温泉地もその一つ。中でも日本海に面した兵庫県豊岡市の城崎温泉は、志賀直哉をはじめ多くの文人墨客が訪れたことで知られる。

24ある文学碑に刻まれたのは、志賀や島崎藤村、司馬遼太郎から、黒部ゆかりの詩人、田中冬二や本紙の北日本文芸歌壇で選者を務めた歌人、吉井勇まで、日本文学史を彩った名前ばかりだ。

松坂熊吾や妻の房江、子の伸仁ら「流転の海」シリーズの登場人物も足を運んだ。1度や2度ではない。各部にわたって場面がある。何が引きつけるのか。実際、温泉地としての人気は高く、外国人だけでも年間4万人。「まち全体にもてなしのこころがあるからですかねぇ」。城崎文芸館*の野竿翔太さん(30)が語る。「昔から道は廊下、外湯はお風呂、宿は客間として、まち全体で湯治客をもてなしてきました。その心は今も息づいています」

志賀が城崎を愛した理由の一つが朝食への気配りだったと野竿さん。トースト好きだと聞いた旅館が、神戸から毎日パンとバターを取り寄せたという。大正時代に地方で手に入れる難しさを思えば、気に入ったのも無理はない。湯が体を治し、もてなしが心を癒やした。

温泉街を貫くように大谿《おおたに》川が流れ、川端柳と古いコンクリート橋が風情を醸す。大阪駅から特急で約3時間。遠出感が強く、手軽に「非日常」が味わえる。戦後の復興から高度経済成長へと、目まぐるしく変化する大阪に生きる熊吾たちも、城崎で一息つきたかったのか。

熊吾は若い頃、商売に失敗し、逃げた先が城崎だった。医者を騙《かた》り金を稼いでいたが、ある日、6歳の女の子の見立てを誤り、破傷風で死なせてしまう。生涯でただ一つの罪。「わしはひょっとしたら、一生偽何とかで終わる人間かもしれん」。悔恨が、大阪での再起につながる。

熊吾の親友の娘、麻衣子も金沢から城崎に移り住み、人生が変わった。第7部「満月の道」で、娘と2人の暮らしのために、温泉客相手のそば店を開業して繁盛させる。

最も浮沈が激しかったのが熊吾の妻、房江だ。第7部では、熊吾の商売にめどが立ち、余裕ができたことから麻衣子を訪ねる。円山川に架かる城崎大橋で見た満月は幸せを予感させる「熟した桃みたいな月」だった。

だが、第8部「長流の畔《ほとり》」で熊吾の浮気を目の当たりにし、自殺を決意。死地に選んだのが城崎だった。好物の鰻重をたらふく食べ、睡眠薬を大量に飲んで深い眠りに落ちるが、一命を取り留める。胃に残っていた鰻重が薬の吸収を押しとどめた。予定を切り上げて房江を訪ねた麻衣子が救急車を呼んだ。病院までの道は空いていて、着くと、処置に慣れた看護師が居合わせた。「なぜ、私を生かそうとしたのか」。重なる偶然に意味を感じ取った房江は「生き直し」を決意する。

今でこそ温泉地は観光が中心だが、そもそも人は湯の効能を求めて集まった。熊吾たちは城崎で心を湯治しようとした。「流転の海」にとって城崎は、再生の地なのだ。


「1300年前に道智上人《どうちしょうにん》が、千日祈願の末に霊泉を湧出させたことに始まります」。城崎温泉観光協会のパンフレットを開くと、湯治場の由来が書いてあった。医学が発達していない昔、人々は病気を治すため神仏に祈った。「上人はすべての人々を温楽によって救いたいと考えられたのです。今でも城崎の湯には、人様を癒やしたいという気持ちが溶け込んでおります」

熊吾の故郷、愛媛・南宇和や富山など、シリーズで描写される地方は、どこかムラ社会特有の暗さを伴う。だが、城崎は不思議と温かい。人の出入りが多く、もてなしの気風がある土地柄を作者の宮本輝さんが感じ取ったからか。

「消費は美徳」が流行語となり、東海道新幹線が開業、東京五輪が開かれた昭和30年代は「希望の時代」だった。ただ、誰もが流れに乗れたわけではない。上昇気流を捉えきれない人々に安寧の地として寄り添う城崎。市井の一人一人を見つめる作者のやさしいまなざしが、そこにある。

＊**城崎文芸館**　1996年に開館した豊岡市の文学館。志賀直哉ら「白樺派」を中心に城崎を愛した作家を紹介している。昨年秋には、展示内容を大幅にリニューアル。温泉地ゆかりの現代作家の魅力も伝えている。企画展は「万城目学と城崎温泉」や「湊かなえの境界線（仮）」などを開く。万城目さんの新作を温泉で読める防水本で刊行するなど、オリジナルグッズも充実している。

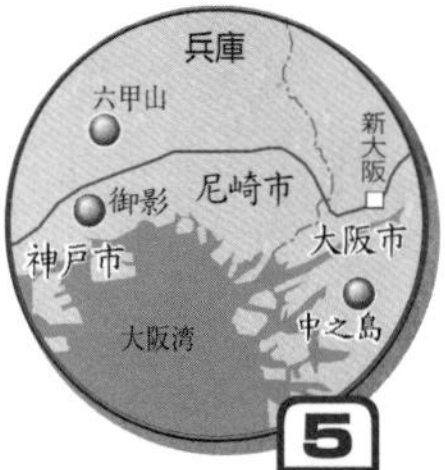

5 大阪・中之島

群像通し時代捉える

無名の人々の人生活写

「この地が古里ということをご存じない方が多くて」。神戸市東灘区の御影公会堂*。地下の郷土資料室で御影本町五六会自治会長の杉本憲一さん（70）が語る。見遣るのは柔道の父、嘉納治五郎の銅像。今春の耐震改修で、地域の偉人を知ってもらおうと紹介コーナーを設けた。

六甲山の麓にある御影地区は、古くからの高級住宅街だ。「灘の酒」で知られる酒蔵が多く、治五郎も菊正宗酒造、白鶴酒造を創業した嘉納家一門で育った。「流転の海」シリーズの作者、宮本輝さんも御影の生まれ。熊吾の息子、伸仁の出生地でもある。

屋上に案内してもらった。山の緑が目に優しい。大阪から鉄道で20分余り。戦前、成功した熊吾が御影に豪邸を構えたのもうなずける。景色に見入っていると背後で杉本さんが話し出した。「古い建物が見当たらないでしょ。阪神大震災の影響ですわ」。激しい被害だったという。戦争でも空襲に遭った。御影は2度の大災禍を乗り越えている。

熊吾の家のモデルになった宮本さんの生家跡を訪ねた。説明通り、比較的新しい家が密集していた。熊吾の足跡を追うと、いつも「復興」「再起」の文字が思い浮かぶ。

大阪で熊吾一家は、市中心部となる中之島の西端、船津橋のたもとや、中之島に近い福島に暮らす。舞台は後半、冷蔵庫、洗濯機、テレビが「三種の神器」と呼ばれ、経済白書が「もはや戦後ではない」とした昭和30年代に移る。

熊吾も、消防ホースの修繕会社に雀荘《じゃんそう》、中華料理店、プロパンガス販売、中古車業とさまざまな事業に手を出す。「これからは、頭の時代じゃ。頭を使うたら、いろんな知恵がおのずと湧いてくる」。きんつばの店「ふなつ屋」まで始めてしまう。この飽くなき事業欲。熊吾に限らず、大阪を創業地とする大企業は多い。パナソニックに武田薬品工業、伊藤忠商事にサントリーと枚挙にいとまがない。

「そういうDNAが土地に染みついているからですよ」と話すのは、大阪市出身のイベントプロデューサー、茶谷幸治さん（71）。まち歩きなどで地元の魅力を発信してきた。「豊臣秀吉以降、大阪は幕府の天領。直接治める〝殿様〟がおらず、商人の天下が長く続いた」という。

　幕府は「武士たるもの金もうけに手を染めない」と、商人の身分を最も下に位置付け「士農工商」とし、大阪に集めた。その数40万人近く。「好きにやらせてもらう」とばかりにさまざまな商いが生まれ、色街も発達。井原西鶴や近松門左衛門ら元禄文化につながっていく。

「勝手にいろんな商売を始めるわけですよ。20世紀に入っても魔法瓶、集合住宅の文化住宅、プレハブと、どれも大阪が発祥の地。気風は今も変わらない」と茶谷さん。「流転の海」シリーズにも熊吾に恨みを抱きつつ事業を広げる海老原太一や、日本で本格的なチョコレートの販売を目指す木俣敬二ら、意欲を燃やす男が次々現れる。

　やくざも恐れぬ豪胆さと、商売への鋭い嗅覚を持つ一方で、信じた人間に何度も裏切られるお人よし。そんな熊吾が出会う人々は実に多彩だ。シリーズを通して顔を見せる脇役もいれば、一場面の登場ながら鮮烈な印象を残す人もいる。戦犯で逮捕された男、訳ありの温泉芸者、螺鈿《らでん》細工の職人を目指す若者…。いろんな生きざまが活写され、交錯し、人生の奥深さを端々で垣間見た気になる。

「父子の物語を書こうと思っていた」。宮本さんが連載当初を振り返る。書き進めるうちに、戦後日本の一時代を捉えたいという気持ちが湧き起こった。歴史を考察しても研究論文に過ぎない。「熊吾一家を取り巻き、うごめく人間模様をつづることが、正確に時代を伝えることになるのではないか」。幾つも描かれた幸せや不幸のかたち。成功や失敗で分けられる単純なものではない。熊吾を追って浮かび上がったのは、宮本さんが物語にそっと沈ませた無名の人々の有為転変《ういてんぺん》だった。

「人の幸不幸は死に方ではなく、どう生きたか。非業の死などない」と言い切る宮本さん。熊吾の死をどう看取るのか。フィナーレにその思いが込められている。

＊**御影公会堂**　神戸市東灘区御影石町に建つ市の施設。1933年、白鶴酒造7代目、嘉納治兵衛の寄付で建設された。430席のホールと和室、六つの集会場などを備える。空襲、阪神大震災と2度の大災禍を乗り越えた建物は、結婚式場や幼稚園としても使われ、震災時は遺体安置所にもなった。今春、耐震工事が終わり、建設当時の色を復元。舟をイメージしたという外観は、まちのシンボルにもなっている。

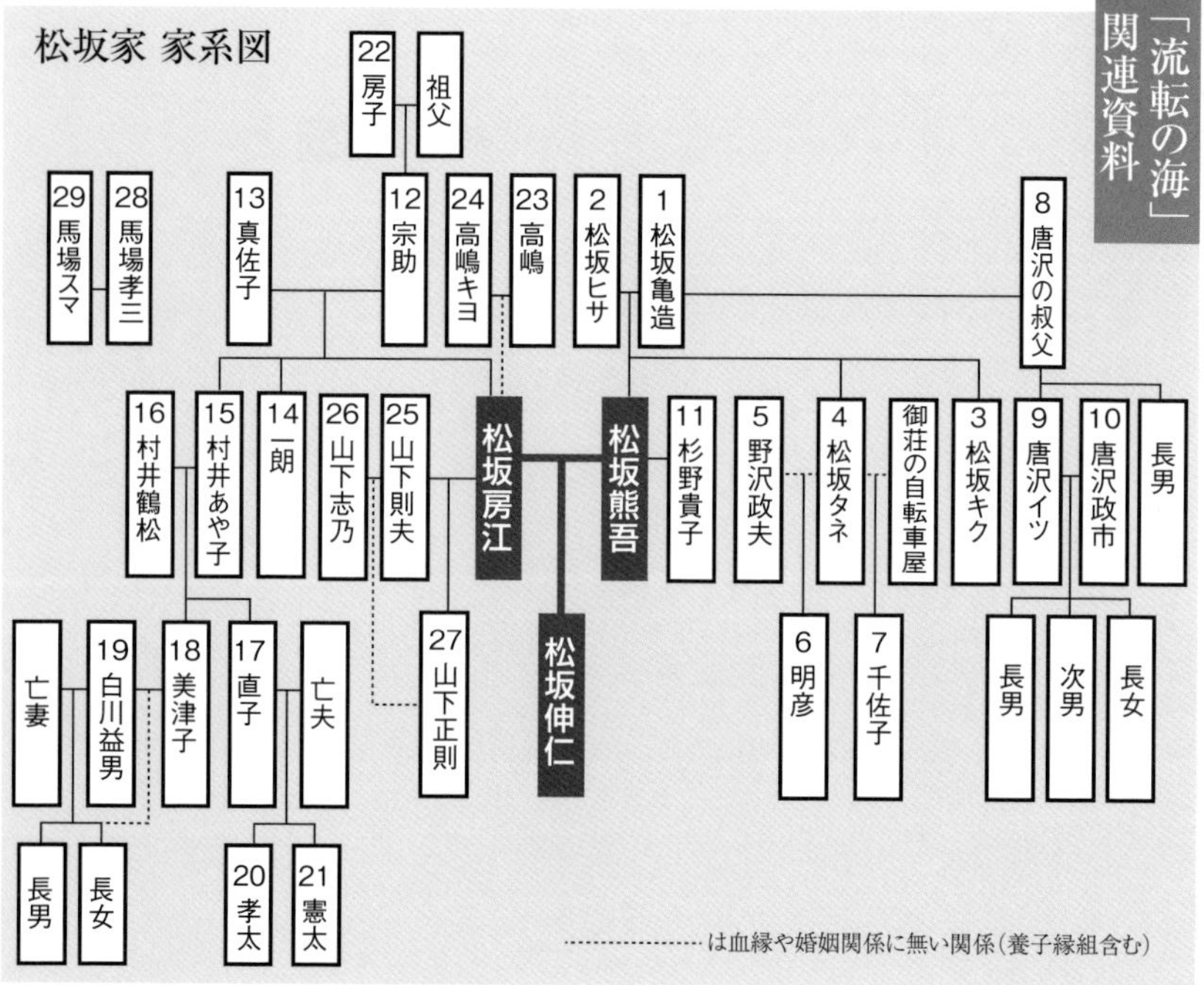

1松坂亀造／熊吾の父。56歳で日射病で死亡。

2松坂ヒサ／城辺北裡の平屋の家に娘タネ、孫、帰郷した熊吾一家と住む。

3松坂キク／熊吾の姉。未婚のまま17歳で没。増田伊佐男のせいで目の下に火傷を負った（ヒサ談）。

4松坂タネ／熊吾の妹。明彦、千佐子の母。

5野沢政夫／妻が昭和26年7月21日に死亡。熊吾に対する復讐心から伊佐男の寝たきりの父親の面倒を見る。開店直前のダンスホールの窓から落下し死亡（昭和26年末）。

6明彦／伸仁の9歳年上の従兄。政夫を蔑み政夫の倅と呼ばれることを嫌う。成績優秀で、熊吾について上阪を決心。

7千佐子／伸仁の1歳年上の従姉。タネと御荘の自転車屋の間に産まれた。

8唐沢の叔父／亀造の弟。

9唐沢イツ／熊吾の従妹。子供3人。

10唐沢政市／イツの夫。イツの長兄が40歳で他界し、娘婿として唐沢家を継ぐ。

11貴子／熊吾の許婚であったが、駆け落ちして大阪へ。後に感冒で死亡。杉野信哉の妹。

12宗助／房江の実父、放蕩者。妻子を残し消息を断つ。

13真佐子／房江の実母。房江を産んで1年以内に36歳で死亡。

14一朗／房江の兄。

15村井あや子／房江の姉。

16村井鶴松／あや子の夫。

17直子／あや子の次女。房江の7歳年下の姪。

18美津子／あや子の長女。房江の6歳年下の姪。結婚後まもなく夫が戦死し、再婚した白川益男も3年後病死。二人の子と北海道で暮らす。

19白川益男／北海道在住。足が不自由。先妻は美津子の親友。先妻亡き後、美津子と結婚。先妻との間に二人の子。急性腹膜炎で死亡。

20孝太／直子の長男、伸仁より6歳年上。

21憲太／直子の次男、伸仁より2歳年上。

22房子／房江の祖母。

23高嶋／高嶋ベーカリー経営。房江を養女に迎えたが、実の子が生まれた3か月後肝臓癌で死亡。

24高嶋キヨ／房江の養母。夫の死後、房江を実父に返そうとするも断られ、7歳の房江を花田屋に奉公に出す。

25山下則夫／房江の前夫。昼間は大人しい実直な工員だが、夜は変質者と化す。

26山下志乃／山下則夫が房江と離婚後、再婚した後妻。

27山下正則／房江が残した子。伸仁の兄。

28馬場孝三／房江の母の兄（伯父）。造船所勤務。花田屋に奉公に出されていた房江を引き取るが、数年後病に倒れる。

29馬場スマ／孝三の妻。病弱。房江を連れ帰った孝三をなじる。房江を無理やり見合いさせる。後に房江が熊吾に内緒で金を送る。

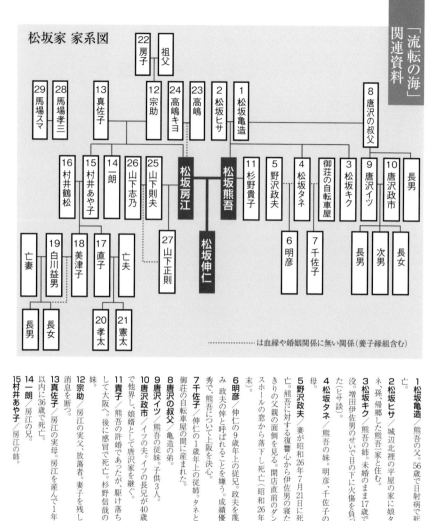

第一部「流転の海」人物相関図

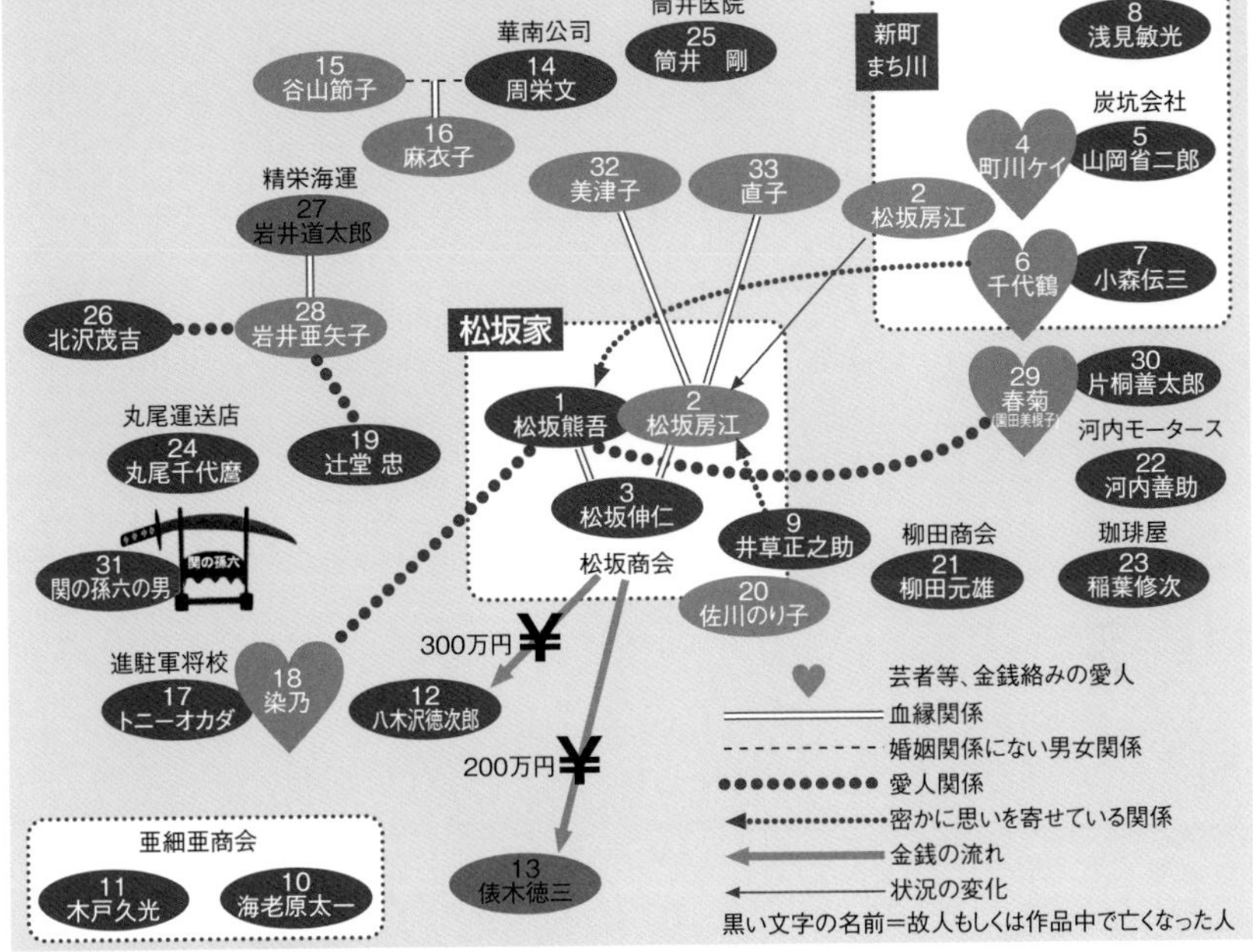

1松坂熊吾／戦後の大阪で中古車部品販売業を再開するも、片腕の井草正之助の裏切りに遭う。50歳で初めての子を授かるが、虚弱な子の健康を考え、「松坂商会」を閉め一家で故郷南宇和に移住。

2松坂房江／薄幸な幼少期を過ごすも、「まち川」で熊吾に見初められ結婚。嫉妬深く暴力的な夫に悩まされながら良き妻、母として神戸御影で不自由なく暮らす。

3松坂伸仁／熊吾・房江結婚6年目に出生。病気がちで、麻疹、中耳炎、腸炎を同時に発症するが、熊吾特製の鶏のスープで回復する。

4町川ケイ／房江が6年間勤めた新町の茶屋「まち川」のおかみ。

5山岡省二郎／炭鉱会社社長。町川ケイと関係を持つ。

6千代鶴／新町一の芸者。

7小森伝三／関西最大の電鉄会社の社長。千代鶴を水揚げ。

8浅見敏光／「浅見自動車工業」の社長。まち川の客。

9井草正之助／「松坂商会」の番頭だったが、俵木から回収した100万円強を回収し持ち逃げ。

10海老原太一／同郷の熊吾を頼って「松坂商会」へ。後に独立して貿易会社「亜細亜商会」を設立。

11木戸久光／「亜細亜商会」の社員。伸仁の哺乳瓶をさがしてくれた。

12八木沢徳次郎／熊吾が疎開時預けた300万円で工場を建設し、事業を開始しており、回収不能。

13俵木徳三／熊吾が疎開時に200万円を預ける。城崎にいると思われていたが、大阪住吉で死亡。

14周栄文／上海生まれ。貿易会社「華南公司」を経営。熊吾より13歳歳下。上海に二人の子供。麻衣子の父。

15谷山節子／麻衣子の母。キタ新地の小料理屋で周栄文に見染められる。周帰国後、井草と関係を結ぶ。

16麻衣子／周栄文と谷山節子の娘。

17トニーオカダ／進駐軍の将校。資材担当。後に染乃の愛人。両親は伊予の出身。

18染乃／元熊吾の愛人。熊吾がトニーオカダを手なずけるため、トニーの愛人となる。

19辻堂 忠／山口の魚村の出身で京大卒。戦前は証券会社に勤務。妻子を長崎の原爆で亡くす。熊吾と戦後の闇市で出会い、「松坂ビル」跡地の立ち退きに貢献。その後松坂商会の社員となる。

20佐川のり子／井草の紹介で松坂家のお手伝い。岐阜出身。

21柳田元雄／戦前は自転車で中古部品を売っていた。戦後「柳田商会」を設立。

22河内善助／「河内モーター」社長。熊吾の5歳年長で、二十数年来の友人。二人の息子を戦争で亡くす。

23稲葉修次／「松坂ビル」跡地で珈琲店を営んでいたが、立ち退きの手助けをする交換条件に熊吾が出店を世話。

24丸尾千代麿／出入橋で丸尾運送屋を営む。辻堂が置き忘れた干し鰈を、松坂家まで届ける。結婚後10年経過し子供なし。

25筒井剛／戦前から松坂家の主治医で、六甲道駅前で「筒井医院」を開業。熊吾より10歳年少の共産主義者。診察で伸仁の便を舐める。

26北沢茂吉／闇物資の荷車を運ぶ途中で熊吾と出会い有馬まで運ぶも、戦犯として連行。元陸軍大尉。闇屋で亜矢子と母を養う。

27岩井道太郎／「精栄海運」の社長で元子爵。玉音放送の翌日首つり自殺。

28岩井亜矢子／岩井道太郎の娘。北沢茂吉の婚約者。

29春菊(園田美根子)／有馬の芸者。元新橋の芸者時代、片桐善太郎の妾になり、子を宿すも流産。熊吾と二年愛人契約。

30片桐善太郎／春菊の元旦那。兜町で36歳の相場師時代に春菊を囲うが、徴兵され満洲へ出征し、復員後再起の準備中。

31関の孫六の男／熊吾宅に関の孫六を売りに持参、一旦置き帰り、3か月後に再訪。亡くなった難病の息子の治療費のためだったと語る。

32美津子／房江の6歳年下の姪。大人しい性格。房江に漢字、算数を教える。結婚後すぐ夫が戦死。白川益男と再婚し北海道で暮らす。

33直子／房江の7歳年下の姪。奔放な性格。房江に裁縫と編み物を教える。

作成：鈴木眞由美、石田匡子、金井恭司 他
宮本輝ファンクラブ「テルニスト」有志

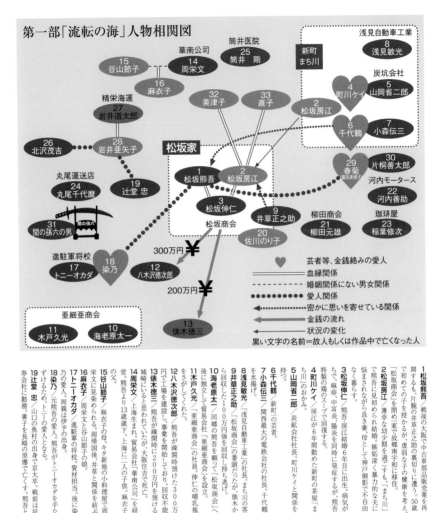

宮本輝文学を語る

その一点——宮本輝の小説作法

池内　紀（ドイツ文学者・エッセイスト）

宮本輝の作品のなかであまり話題にならないが、私は『月光の東』が好きだ。四〇〇ページをこえる長編には、歌のくり返しの記号のように「月光の東」が出てきた。中学一年のとき、ひそかに思っていた女の子の口から投げかけられた言葉である。それが三十数年後に友人の死をはさみ、にわかに意味をもってきた。

一九九八年、中央公論社刊。たまたま手にとって読んだ気がする。小説に月の光があふれているのが気に入った。主人公が中年すぎ、作者も同じような年齢。私自身、五十代であって、酔っぱらって帰る道すがら、ふと見上げると月が出ていた。大都市の夜空の月は、同じく酔ったように赤味をおびて高層ビルの肩にのっていた。雲がかかると、赤ら顔がベソをかいたように見えた。

定まったコースをきちんと移動していくくせに、日によって丸くなったり、細まったりする。その点では大都市に棲息する大多数のサラリーマンとそっくりだ。中空にかかり、どこまでも無表情なのに、見つめていると、さまざまな感情を訴えてくる。

ヨーロッパ人は夢遊病を月のせいにした。月光が魂のヒダから入りこんで理性を狂わせると考えた。われ知らず、勝手に歩きまわり、月に吸いよせられていくというのだ。

たしかに月を見つめていると、全身が上空に吸われていくようで、奇妙な浮遊感を覚えるものだ。古人は「お月見」を秋の行事にしたが、月に独特の浮遊感をたのしんでいたのではあるまいか。自分の存在感がうすれていくぐあいで、やにわに何かが頭をかすめる。とっくに忘れていた何かを思い出す。

宮本輝では、一枚のキップだった。糸魚川から信濃大町までの片道キップ、「月光の東」を投げかけた少女のいる町に行くためのものだった。

なぜかそんなことまでよく覚えている。おりしも、そろそろ二十世紀が終わろうとしていた。二十世紀が地球の時代だったとすると、二十一世紀は月の時代ではなかろうか。小説家は気ままに物語をつくる一方で、人いちばい敏感に世の中の動きをつかんでいる。全身で「今」を生きている奇妙な種族であるからだ。だからこそ、ひとえにペンから生まれた世界だというのに、「今の人」を夢中にさせる、愛や偽りや裏切りを語りつつ、それとなく読者が生きている時代の縮図を描いている。

べつに数えてみたわけではないが、宮本輝の小説には月のシーンがあらわれ、おりにつけ、月光があふれているだろう。べつに不思議ではないのである。空に浮かんだあのへんてこな天体は、無限に人を吸収する力をもっている。それが証拠に月光をあびると、われ知らず祈りの姿勢をとらないか。コンピュータとハイテクと管理システムの到来とともに、人が失ってしまったもの。それはわずかに文学に生きている、テレビメディアが絶対に知らず、また表現したりできないもの。『月光の東』には、ひそかな祈りが目に見えない糸のように張りめぐらされていた。私は宮本輝の語りのみごとさに舌を巻いた。祈りは叶わなくてもいいし、叶う必要もない。何を祈りたいのかも人はしばしば忘れているが、しかし、それが大層なことではなく、ささやかな願いだったことは覚えている。宮本輝が愛惜こめて書いてきた人物像をひとことでまとめると、さしずめこうなる。

知られるとおり、宮本輝のデビュー作は「泥の河」「螢川」「道頓堀川」の川三部作だった。「泥の河」は、具体的には安治川である。淀川は市中に入ると大川と名をかえる。天神橋の手前で中之島が突き出ていて、堂島川、土佐堀川の二つになり、船津橋で合流して安治川、そして大阪湾に流れこむ。もっとも、わざわざこんな講釈をしなくても宮本輝の読者なら、小説の出だしでなじんでいる。「堂島川と土佐堀川がひとつになり、安治川と名を変えて大阪湾の一角に注ぎ込んでいる」

「螢川」の舞台は富山である。富山市中に螢川といったシャレた名前の川はなく、正しくは「いたち川」といって、市街を縫って流れている細い川だ。雪溶けのころ以外は、いつも汚い川底をさらしている。それでも上流にのぼると、初夏のころ、ポツリポツリと螢があらわれる。

「道頓堀川」は名前の示すとおり川というより堀であって、人間が掘りあけた。高津神社の下手から、定規ではかったような直線で街を横切っていく。堀をはさんで西が島之内、東が千日前。昼も夜も雑踏とおしゃべりがひしめいている。食べ物の匂いと汗の臭いがかぶさっている。

つまり、作家宮本輝は、こんな世界から出てきた。自分のモチーフをはっきりもち、それを具体的な土地をかりて表現してきた。厳密にいうと、川三部作は、はじめから三部作として考えていたのではないだろう。「泥の河」と「螢川」は、あきらかに一つの同じ根から出ている。「道頓堀川」

は川の性質と同じように小説のタイプもガラリとちがう。にもかかわらず三部作と称してもちっともおかしくない。宮本輝という小説家の特質を、もののみごとにあらわしている。

同じ大阪の川でも、宮本輝がなじんだのは川筋のすずしい大川ではなく、ずっと下った安治川だった。この辺りにくると川というよりもドブであって、雑多なものを呑みこんでいる。溺死体や、ヘソの緒をつけた赤ん坊が流れついたりする。「泥の河」の少年が、おもわず「うわあ!」と叫んだように、「薄墨色の巨大な鯉」が浮き上がり、水面に円を描いている。

「僕、こんなごっつい鯉、初めて見たわ」

人の身の丈ほどもあって、鱗の一枚一枚が淡い紅色にふちどられ、丸く太った胴体が妖しい光を放っている。

富山には神通川という大きな川があって、宮本輝は幼いころ、そこで魚釣りをした。東かたには常願寺川が流れている。小説では、少年の富山弁を通して語られている。

「滑川っちゅう所の手前に、常願寺川ちゅう川が流れとるちゃ。神通川よりちょっと細い川じゃが、おんなじように富山湾に流れ込んどるがや」

常願寺川の上流は立山につながる。いたち川は常願寺川の支流で、だから春から夏にかけて、この川にも立山の雪溶け水がたっぷり流れ込む。

少年宮本輝がのちのちまで覚えていたのは、細い、みすぼらしいいたち川だった。粗末な木の橋が点々とかかり、アパート住まいの母と子は、そんな橋を渡り、とだえがちな父からの送金をたしかめに郵便局へ通った。

市中ではうす汚れた川だが、さかのぼっていくと、ゆるやかにうねりながら少しずつ深くなっていく。川面はうっすらと赤味をおび、小魚が小さな波紋を描いている。

小説の終わりは、幻を見るように美しい。おびただしい螢が押しよせ、少女の胸元やスカートにまといついた。

「螢の大群はざあざあと音をたてて波打った。それが螢なのかせせらぎの音なのか竜夫にはもう区別がつかなかった」

どこからあらわれたのか見当もつかない何万何十万もの蛍たちは、じつに少女の体の奥深くから、たえまなく生み出されているもののように思われた。少女の生理を、これほどあざやかに形象化した表現を私は知らない。そして、絶唱のようなつづく一行。

「ああ、このまま眠ってしまいたいがや」

宮本輝の小説作法をつたえる特徴である。おそろしくつくるのが巧みな作家であるが、そのフィクションの初まりには、生々しい泥の一滴が落ちている。あるいは血の一滴がしみついている。またあるいは一筋の月光が射し落ちる。人物が生まれ、物語が誕生する一点であった。小説作法であるとともに、この人の人生観とも深く結びついている。ほんの一滴、あるいは一瞬が人をつくり、また人を変える。人を結びつけ、あるいは人を離反させる。よろこび、哀しみ、生と死そのものが、その一点にかかわっている。それは有無をいわさず運命さえも変えていく。

宮本輝の恐ろしさとやさしさの源である。運命の一瞬は、それに先立つ無数の瞬間の生み出すものであって、血の一滴は、入り組んだ体のどこからしたったかわからない。その土地に偶然いただけだとしても、だからこそよけいに意味深いのだ。人はおのずと、われ知らず居たいところに行くからだ。

それは宮本文学の造形の原理でもある。物語がストーリィをこえてふくらんでいく。とりたてて趣向をこらさなくても、語りの特性から自然にそうなり、語られたところが独自の陰影をおびてくる。まったく、生粋の小説家でなくしてはマネのできない芸当なのだ。

静かな眼差し

小栗　康平（映画監督）

「泥の河」は第十三回の太宰治賞をとられている。そのときの選考委員のお一人だった埴谷雄高さんが、この小説、映画にしたらいいラストシーンになるのになあ、とどこかの席で宮本さんにそうおっしゃっていた、と聞いた。映画化の許諾をいただきに宮本さんのお宅に伺ったときだから、あるいは宮本さんにしてみれば、それで来たのがお前かよ、であったかもしれない。

私はフリー助監督だった。フリーとは聞こえがいいけれど、実態としては半失業者のようなもので、同行してくださったプロデューサーは町の鉄工所の経営者、映画のプロではない。どう転んでも宮本さんに「いいよ」と言っていただける材料を、私たちはなにも持ち合わせていなかった。ラストシーンとて、私にくっきりした像があったわけでもない。

それでも宮本さんは、ご自身の大切な小説としての処女作を私に下さった。これが幸運にも私の第一回監督作品となった。後日に書かれた宮本さんのエッセイによれば、私の、いや木村さんも含めて私たちの、なんとも情けない風体に心を動かされたようである。でも必死な純情は、私にもあった。

映画が出来てみると、小説とは違って最後にお化け鯉は姿を見せなかったけれど、ラストシーンの追いかけはとても長いシーンになった。批評でそれを、嫋々として、と嫌がる意見もあったけれど、私にしてみればお門違いで、ただの別れを描いた、とは思っていなかった。

ポスターのキャッチ・コピーに「あのとき少年時代は終わった。いま、痛みの源流に遡りたい。」とある。高校一年生だった私に、アンジェイ・ワイダ監督の「灰とダイヤモンド」をすすめてくれた、二級上の先輩が書いてくれたものだ。遡に「さかのぼる」とルビが振ってある。「遡」はいかにも業界らしくなく、まっすぐに心情が吐露されている。

映画『泥の河』は数奇な運命をたどった

完成して直ぐに東宝、松竹に持ち込んだのだけれど、配給は決まらなかった。やむなく三日間だけ、ホールでの自主上映をした。その時のお客さんの入りを注意深く見ていたのが東映だった。東映配給も意外だったけれど、その後の展開はさらに驚天動地の連続だった。

モスクワ映画祭に続いて世界の様々な国際映画祭に招待されて、アメリカ・アカデミー賞外国語映画部門にまでノミネートされることとなった。

モスクワでは映画評にこういうものがあった。「映画のリズムはこの河の流れのように、人々の低い話し声のように、その人たちの生活に襲いかかる残酷なドラマを見逃さないで、ゆっくりと語られていく。それらのドラマがまた、戦争の傷跡であることを私たちは理解する。」

声高な劇の主張は、宮本さんの小説にもない。あるのは、生活者の静かな眼差し、地声で語られる人生の悲喜である。

「舟は追憶のかなたへ」と題された新聞の論評もあった。「今、彼の子供時代の舟は遠ざかっていくが、彼はおそらく一生、この追憶に立ち戻ることだろう。」

つい先ごろ『泥の河』のデジタル・リマスター版をつくった。製作から三十七年が経ってフィルムでの上映が叶わなくなって来たからだ。フィルムはネガからニュー・プリントを焼けば、いつでも新作同様に蘇る力を持っているけれど、映画館からフィルムの映写機が消えてしまったのである。

撮影時のデジタル化はすでに九十年代から始まっているけれど、世紀が変わってから映写設備のデジタル化が一挙に進んで、それまでにフィルムで作られた映画が、映画館では見られなくなった。フィルムをスキャンして、デジタル信号に変えていかなくてはならない。それには相応のコストがかかる。旧作の上映でそれを取り戻すのは容易ではないので、このデジタル・リマスターはなかなか進まない。『泥の河』は今でも根強い人気があって、それが可能になった。

デジタルとフィルムでは、画像の領域がまったく異なるので、ワン・ショットずつ黒の諧調を整えていかなければならない。何十年ぶりかに、私はすべてのショットを現像所で何度も何度も繰り返し見た。こんなことはこれまでなかったことで、妙な言い方になるけれど、あらためて『泥の河』の作品世界を自身で見直すきっかけになった。

田村高廣さんがすばらしい。生前、高廣さんが「私の代表作は「泥の河」です」と言って下さっていたことは知っていたけれど、私にはなにかもったいないような気持があって、額面通りには受け入れてはいなかった。でも今回、ああ、本当にそうだったのだ、とつくづくと思った。作品の出来が、と言うよりは、ご自身の取り組み方においてそうだったのだろう。映画のすみずみに、高廣さん演じる父親の、慈しみにみちた愛情を感じる。

よく知られるように、田村高廣さんは往年の日本映画界を代表する役者、坂妻こと、坂東妻三郎の息子さんである。高廣さんが映画界に入られたのは、その父が亡くなってからのことで、商社を辞めて役者になった。そのころがこの『泥の河』の時代設定と重なる。

多くの小説で宮本さんがお書きになってこられた父と子、高廣さんが演じられた父と子、そして私自身の父と子、それらはそれぞれで同じではない。でも思いの中ではっきりと重なり合っていた。

私の父は植民地朝鮮からの引揚者である。その戦後は、宮本さんのお父さんのようには波乱万丈ではない。むしろ逆で、郷里で始めた小さな文具店を用心深く、爪に火を点すようにして営んだ。そんな生活の風景が私の中に沁み込んでいる。「信ちゃん」も「きっちゃん」も、ともに私の中にあった。

川は人の暮らしをめぐって流れ、人懐かしくもあり、悲しくもある。

『川三部作』への思い

柏原　成光（元筑摩書房社長）

　私が、所属していた筑摩書房を退社してからすでに十八年、太宰治賞にかかわり始めたのは、昭和五十三年であるから、それよりさらに二十二年前、あわせて四十年も前のことになる。往時茫々ともいうべき時間が経過していることになるが、それは私にとっては忘れがたい日々である。そのとき、私は「文芸展望」という季刊文芸雑誌の創刊責任者を命じられていた。もちろんそれはわが社の文芸路線強化のためであったが、それまで社で唯一の看板雑誌であった「展望」が担ってきた太宰治賞の運営も任されることになった。大任であった。それまでに十回を数えていたこの賞は、金井美恵子、吉村昭、加賀乙彦、宮尾登美子といった作家を世に送り出していた。しかし私に任されて二年、受賞者は出たが、あまりぱっとしなかった。何とかしなければ、という焦りが出始めた三年目、応募作品の社内での下読みの段階から、今年は勝れた作品が寄せられている、という噂が私の耳にも聞こえてくるようになった。それが宮本輝氏の「泥の河」という作品であることはまもなく分かった。期待を持って臨んだ最終選考会でも、ほぼ六人の選考委員全員の高い評価を受けたといっていいだろう。この作品は、一九七七年六月に刊行された「文芸展望」夏号（通巻一八号）に、第一三回太宰治賞受賞作として発表された。ここに、そのときの選考委員の言葉を「泥の河」にかかわる部分だけ列挙してみる。

「「泥の河」は心のこもった佳作である。文学としての時間に耐える、といういい方をしてもよかろうが、現実と虚構のあいだに横たわる糸を、思う存分張り詰めた勢いとかたちがそこにこめられている。／無駄な行間をできる限りはぶき、人間の生きざまをありのままの姿と素朴な心情でとらえようとする作者の視点は、みごとに定着していよう。」（井上光晴）「宮本輝の「泥の河」は、いってみれば、私達日本人の胸に最もよく迫ってくる主題をもっていて、その伏線にむだがなく後半部に向って自然な展開の高まりを示している。少年の目ですべてをみている設定がこの作品を純化しているが、他方、古風な印象が覚えられた。」（埴谷雄高）「「泥の河」は、なかなかの秀作。太宰賞の選考では、宮尾登美子さんの「櫂」以来久々で、すぐれた小説の面白さをたんのうさせてもらった。「櫂」同様、その古風さに飽き足らぬ思いをする読者もあろう。しかし、この作は、「櫂」とちがって、固定した古風ではない。ほんものの古風なものが持つ確かさと好ましさを保ちながら、そこはかとない新風をのぞかせているところが魅力である。」（臼井吉見）「「泥の河」は、はじめのうちは、よくある傾向の作品で、よくある味わいのまま終るのか、とおもって読んでいるうちに面白くなってきた。終りに近くなって、船の客が橋の上を走る子供に小さい西瓜を投げ上げるあたりから祭りの場面へと、どんどん面白くなり、この狭い世界の底が、深くなった。先年の宮尾登美子さんの当選作のときに似た、はっきりとした手応えを感じた。」（吉行淳之介）「当選作「泥の河」は、世界をまだそのあるがままに受け入れる幼い子供の視点を借り、人間たちの生きる一情景を、そこでの人々の息づかいまで含め、一枚のセピア色の写真のように懐かしく再現している。客観的に言えば、当選作となって当然の力量をそなえた作品だろう。」（柴田翔）「結局、新味は少なくとも、完成度の高い「泥の河」が当選作と決定したのは当然でせう。」（中村光夫）

これほど全員が一致して、というのも珍しいことであった。これからの活躍が期待できる大型新人の登場は、私にとってもうれしいことであった。さっそく次号に受賞第一作「螢川」を書いてもらうことができた。この作品がその年の下期の芥川賞候補作品に選ばれ、あれよあれよという間に、第七八回の芥川賞を受賞することになったのである。この作品は「文藝春秋」の七八年三月号（二月発売）に再録され、前作「泥の河」と合わせた単行本『螢川』が刊行されたのも、同じ二月であった。この間、芥川賞の発表当日に、宮本家につめて共に選考結果を待ったり、次の作品の督促に通っていたのは、編集部員の高橋忠行だったと記憶する。当然他社からのアタックもきびしくなっていたが、高橋のがんばりで次作「道頓堀川」を、芥川賞受賞第一作として「文芸展望」一九七八年春号に発表することができた。当方としてもこの華やかな新人の活躍には眼を見張るものがあった。

しかし、何ということか、この年の七月一二日、当社は、会社更生法を裁判所に申請するという事態に追い込まれてしまったのである。多くの著者の印税が債権として棚上げされることになった。私は親しくしていただいていた著者に顔向けできない思いに駆られずにはおれなかった。特に、宮本氏は、本が売れていただけに額が大きかったうえに、この頃から体調を崩され、翌年一月には肺結核と診断され、入院また病院通いに普通以上の金を必要とする時期であったはずである。申し訳なさに、宮本氏に会うのも敷居が高くなってしまった。それでも八一年五月に『道頓堀川』の単行本を出させていただけたのは、やはり高橋のがんばりだった。しかし、他の一流出版社ならば、次々に大きな広告を打ち、売り上げ部数をどんどん伸ばしていけるだろうに、それができない社の現状を考えると、身の縮まる思いだった。

それでも当社としては、なんとしても宮本氏のものを出したかった。しかし、いまや一流出版社に追われる身になっている宮本氏から新作をもらうのは、わが社の置かれている状況からは、はなはだ困難であった。そこで今まで出した三つの川の物語を『川三部作』として、新しく出し始めた「ちくま文庫」に入れさせてもらおうということになった。結果として全く作柄のちがう三つの話を収めた、この『川三部作』は私の大好きな一冊となったのである。

　第一作「泥の河」は、のちに映画化されたときに小栗康平監督が敢えてモノクロで撮影したように、モノクロにぴったりの作品世界である。逆に、第二作の「螢川」は、メルヘンチックで、色彩豊かな、特に最後は光の世界である。第三作「道頓堀川」は、また一転して、一般人の近寄りがたいような大阪の日陰の社会に生きる人々を描いたものである。

　素晴らしいと思うのは、それぞれのほんの一部を読んだだけで、その文体と描写からそれぞれの作品世界のちがいが見えることである。

　まず第一作の「泥の河」の冒頭部分から。「堂島川と土佐堀川がひとつになり、安治川《あじがわ》と名を変えて大阪湾の一角に注ぎ込んでいく。その川と川がまじわる所に三つの橋が架かっていた。昭和橋と端建倉橋《はたてくらはし》、それに船津橋である。／藁や板きれや腐った果実を浮かべてゆるやかに流れるこの黄土色の川を見おろしながら、古びた市電がのろのろと渡っていった。」この一文からすでにこの作品世界に出てくる人物たちの幸少ない生活の展開がうかがえる。

　第二作の「螢川」からは、終わり直前の、螢の群生に出会う部分から。「せせらぎの響きが左側からだんだん近づいてきて、それにそって道も右手に曲がっていた。その道を曲がりきり、月光が弾け散る川面を眼下に見た瞬間、四人は声もたてずその場に金縛りになった。まだ五百歩も歩いていなかった。何万何十万もの螢火が、川のふちで静かにうねっていた。そしてそれは、四人がそれぞれの心に描いていた華麗なおとぎ絵ではなかったのである。」幻想的ではあるが、美しいだけではない不気味な感じがみごとに捕らえられている。

第三作の「道頓堀川」はやはり書き出しの部分から。「三本足の犬が、通行人の足元を縫って歩いてきた。耳の垂れた、眼も鼻も薄茶色の痩せた赤犬だった。／まだ人通りもまばらな戎橋を南から北へと渡りきると、犬は歩を停めてうしろを振り返った。はがれちぎれて風化した夥しい数のポスターが欄干を覆い、たもとの、いつも日陰になっている一角から小便や嘔吐物の湿っぽい悪臭がたちのぼっている。歓楽街の翳りを宿して、流れるか流れないかの速度で西に動いていく道頓堀川の水が、秋の朝日を吸っていた。」これから起る不穏な雰囲気がしっかりと伝わってくる。

これらの作品に登場する人物は、決して世の中の真ん中で活躍するような人々ではなく、むしろ世の中の片隅で、ひっそりと、しかし自分なりにがんばって生きようとしている人々の姿であり、そういう人々へ注がれる作者の温かい目が感じられる作品である。かくして『川三部作』は、私にとって宮本輝氏の代表作のひとつとなり、それにかかわらせていただいたことに大きな喜びを持っている。

これからも氏の活躍を心から期待しています。

これまでに出版されている川三部作書影

縁・偶然・運命——宮本輝文学の秘鑰《ひやく》

真銅　正宏（追手門学院大学 国際教養学部 教授）

シークエンスという言葉がある。映画批評などで用いられてきた言葉で、いくつかのカットが集まりシーンを構成し、シーンが繋がってシークエンスを作り上げ、シークエンスが集まって一編の映画になるとされる、物語構成の一つの単位である。

宮本輝の『田園発　港行き自転車』上・下（二〇一五年四月、集英社）を読んでいて、ふと、この言葉が思い出された。この小説は、やや特異な読後感を読者に与える小説である。単行本の帯には、「絵本作家として活躍する賀川真帆。真帆の父は十五年前、「出張で九州に行く」と言い置いたまま、富山で病死を遂げていた。父はなぜ家族に内緒で、何のゆかりもないはずの富山へ向かったのか——。」と書かれている。この父の死の謎かけから始まるこの小説は、しかしながらこの父娘の物語に収斂していくのではなく、そこから半径を拡げるように、人物関係を複雑化させていく。富山と東京と京都を舞台に、偶然の出来事がいくつか重なっていく。真帆の父直樹には富山に夏目海歩子という京都時代から続く愛人がいて、彼女に会いに出かけて病死したという謎解きが語られても、物語はそこからさらに謎を深めていく。直樹が亡くなった時、海歩子のお腹には、後に佑樹と名付けられる男の子が宿っていた。海歩子は一人で産み、育てる決意をする。

幼稚園児だった佑樹が「かがわまほせんせい」にファンレターを送り、その手紙に対する返事が届いた……。約十年前に、そのようなことが起こっていた。「やさしいおうち」という絵本を描いている人が、賀川直樹の娘だということを、きょうまで海歩子は知らなかった。

——ぼくのことをすきですか。かがわまほせんせい、ぼくのことをすきになってくださいね。——

──わたしは、ゆうきくんをだいすきになりました。──

なんというやりとりであろう。人間の世界には、こんな奇跡に似たことがあちこちでしょっちゅう起こっているのかもしれない。人間はそれに気づかないだけなのではないのか……。

このとおり、何人かの登場人物たちが、縁によって突然繋がっていく。ストーリー展開において、必然的な要素の繋がりをプロットと呼ぶが、「田園発　港行き自転車」は、本来結びつくはずもないような出来事が続いて起き、結びつくはずもないような人間が結びつけられていくような構成となっている。つまり、いくつかの場面が偶然結びついて、一つのシークエンスを構成し、それぞれのシークエンスもまた、偶然に結びつけられて、一つの物語を作り上げているのである。

富山出身で、東京の会社に就職しながら東京の生活に馴染めず、富山に帰っていく脇田千春。千春の上司である川辺康平は、その送別会の夜、「ルーシェ」というバーで飲み直す。その時、賀川真帆も、友達と食事をしていた。

それだけではなく、昨夜の「ルーシェ」という初めて入ったバーでは奇妙なことがあった。偶然の重なりと片づけてしまうにはどうにも割り切れないのだ。

バーのマスターと、彼とおない歳くらいの五十前後の客との会話は、ときおり断片的に聞こえて来たが、自転車の話題とともに、入善町、黒部川、魚津港、滑川、旧北陸街道という地名が出たので少し心臓が絞られるような心持ちになったのに、愛本橋の名をはっきりと耳にしたときは、真帆は二の腕に鳥肌が立つのを感じた。

このような偶然がいくつもこの小説には用意されている。バーのマスターである日吉京介にも、富山との繫がりがあったことが後に明らかになる。

日吉は五年前、富山の魚津に出かけたことがあったが、その旅の十日前に、四十歳になる妻のお腹の子の染色体検査の結果が出て、ダウン症であることがわかった。産むべきか産まざるべきかを考えながら富山に出かけ、さまざまに悩んだ末、いったん中絶という結論を出す。その後、偶然立ち寄った図書館で、V・E・フランクルの『それでも人生にイエスと言う』という本をたまたま手に取り、「横っつらを張られた」ようになってしまう。そして妻に電話をかける。

俺は、（略）お前はどうしたいのか正直に言えと促した。

「産みたい。産んで育てていきたい」

と妻は泣きながら答えた。

「よし。俺たちは親としてできる限りのことをしよう。何があっても愚痴は言わないぞ。俺たちのなかからは、落胆と絶望という言葉は消すぞ。いいな、俺たちは産むと決めたんだからな」

と俺は大声で言った。風と霰の音で妻の声は聞こえなかった。

このシークエンスにも明らかであるが、宮本輝の語る物語の断片は、必ずしも明るい話題ではない。むしろ悲しいものばかりと言っても過言ではない。しかし、それなのに、その多くのシークエンスは、読者を暗い気分に落とし込ませるようなものではない。

『錦繍』（一九八二年三月、新潮社）の主人公の一人である星島亜紀は、息子清高とともに偶然訪れた蔵王で、一〇年前に別れた夫である有馬靖明と、これも偶然に同じゴンドラに乗り合わせる。その時の靖明の落ちぶれた風貌が気になった亜紀は、長い手紙を送る。ここから書簡の往来が始まり、物語が語り始められる。夫の幼馴染みとの不倫関係が、心中未遂事件となり、相手の女が死んだことから別れることとなった二人であるが、別れたことをお互いに十分納得しているわけではない。その後妻は、再婚したが、清高には生まれつき障がいがある。新しい夫にも愛人がいる。しかしながら、二人の関係が元に戻るというような甘い物語にもなっていない。

この小説にも、清高が習っているひらがなの練習帳の、実に示唆的な話が組み込まれている。

そこには「みらい」という字が並んでいました。「ら」の行はまだ習っていないところなのに、どうして先生は「みらい」と書かせたかと私が訊くと、清高はわからないと答えました。じゃあどうして「ら」という字が書けたのかと訊いてみますと、先生は何も言わず、黒板に「みらい」と書いて、何度も「みらい、みらい、みらい」と生徒たちに声をあげて読ませてから、「ら」はまだ習っていない字だけれども、「みらい」という言葉を知るために、黒板の字を写しなさいと命じたそうでございました。「みらい」とは、あしたのことだと先生は教えてくれたと清高は言いました。

私はいまこの手紙をしたためながら、あの清高の書いた「みらい」という字を思い浮かべております。私たちは、これまでの何通かの手紙で、殆ど過去のことばかり触れてまいりましたわね。ふたりの手紙を比べると、私の方が、過去について書いた回数の多いことに気づきました。

そうしてここから、この悲しい物語が、少しだけ明るい方向性を見せ始める。二人に再会という選択肢はないが、二人はそれぞれの「みらい」に向かっていくのである。

『優駿』上・下（一九八六年一〇月、新潮社）には、競走馬を題材にすることもあり、さらに明確に偶然と運命の話が描かれている。オラシオンがダービーに勝つかどうかという、本来ならば競走馬のレベルに留まる分岐を、登場人物たちは、自らの人生の分岐に重ねる。例えばオラシオンを産んだトカイファームの若き牧場主渡海博正は、オラシオンの勝敗に、牧場を大きくするという決意はもちろん、和具久美子への思いの成就をも賭けている。オラシオンの馬主和具平八郎も、新しい事業の命運をオラシオンに委ねる。平八郎は運命について、次のように考えている。

彼は運命という言葉が嫌いだった。仮に運命なるものが確かにあって、生きているものはすべて、それに支配されているとするならば、不幸を背負った人間は、生きて行かなければならぬ必要はないということになる。平八郎は、偶然という言葉と運命という言葉に、共通した概念を感じてそう考えた。俺は、偶然というものに、大金を払い、何キロも先の針の穴に糸を投げて通そうとするような夢を買おうとはしない。（略）これから買おうとしている黒い仔馬も、あらゆる人間と同じように、必然の中から生まれ、必然の中で生を終えるのだ。俺はサラブレッドが好きだ。あの利発さ、あの闘争心、あの感受性、あの美しい姿態と目の色、そして美しさの底にたゆとう不思議な哀しさ、それらはみな人智を媒介にして、しかも人智など遠く及ばない血と血の必然の融合から生まれたものなのだ。

ところがこのような必然に偏る考え方をする平八郎にも、愛人に産ませた十七歳になる息子が腎臓を患い、死にかけているというシークエンスが用意されている。平八郎はそれまで、息子と会うことさえ拒否して生きてきた。さんざん迷ったあげく、遂に息子の入院先に、初めて会いに出かける。

「ぼくの、お父さんですか？」

かすれた声で誠は訊いた。平八郎が頷くと同時に、誠はこう言ったのである。

「お父さんの、腎臓を下さい。お願いですから、ぼくに、下さい」

最後は言葉になっていなかった。誠の息遣いは荒く、舌もちゃんと廻らなくなっていたのだった。平八郎は目を閉じ、深くうなだれて、何度も何度も首を縦に振った。なぜ自分は、二年半前にそうしなかったのだろうか。平八郎は涙をこらえられなかった。彼は涙をしたたらせながら、誠の頭や眉や鼻をさわった。そこだけむくみのない痩せた胸を撫でさすった。手術を受けられる状態にならないまま、息子の命が尽きてくれるよう願う気持は消え去っていた。誠の思いがけない言葉は、平八郎を、瞬時のうちに、不幸な息子の血のつながった真の父親にさせた。

しかしながら、翌朝、平八郎は北海道で、誠の死を告げる電話を受けることになる。腎臓は受け継がれなかった。ここにも、人智と人智の遠く及ばないもの、すなわち必然と偶然とのせめぎ合いが見て取れる。

このような縁や偶然と必然、運命や宿命というものを用いた小説の作り方に関して、宮本輝自身が、『田園発　港行き自転車』下巻（二〇一五年四月、集英社）の「あとがき」に次のように書いている。

黒部川の堤に立った時のことである。

あ、ここだと思った瞬間、「田園発　港行き自転車」という小説が動きだしたのです。なにがどう動きだしたのかを言葉で説明することはできません。（略）

わたしは螺旋というかたちにも強く惹かれます。多くのもののなかに螺旋状の仕組みがあるのは自然科学において解明されつつありますが、それが人間のつながりにおいても、有り得ないような出会いや驚愕するような偶然をもたらすことに途轍もない神秘性を感じるのです。

ここに書かれた言葉は、宮本輝の小説作法の秘鑰と言ってよいであろう。別々のシークエンスを偶然であるかのように作中で出会わせることで、人生の偶然を小説の必然とすること、これこそが、彼の小説の一つの方法なのである。

宮本輝の文学、その魅力

二瓶　浩明（愛知県立芸術大学名誉教授）

宮本輝の小説を読むのは、とても楽しい。

私たちはそこにつづられた物語の魅力に陶酔し、多彩な人物たちの思いや生き方に心を揺すぶられ、生の不可思議さと喜びとを自らの人生に照らし合わせ、豊かな感動にうたれるからだ。そのことは私たちを幸福にしてくれる。

最新作のひとつ『田園発　港行き自転車』（二〇一五年四月、集英社）は、物語のサブ・ヒロイン脇田千春の次のような言葉から始まっていた。「——私は自分のふるさとが好きだ。ふるさとは私の誇りだ。何の取り柄もない二十歳の女の私が自慢できることといえば、あんなに美しいふるさとで生まれ育ったということだけなのだ。」

彼女は送別会の挨拶を終えて、東京の勤務先を辞め、故郷富山へと帰って行くが、物語の進展につれて、彼女のいとこ佑樹が、こどもの頃に、知らず本当は彼の姉である絵本作家にあてて、こんな手紙を出していたという奇縁に私たちは遭遇した。

——かがわまほせんせい、こんにちは。ぼくは、なつめゆうきです。ようちえんです。5さいです。ぼくは、かがわまほせんせいのえがだいすきです。やさしいおうちがだいすきです。ぼくのことをすきですか。かがわまほせんせい、ぼくのことをすきになってくださいね。——

母の海歩子は、急死した愛人賀川直樹の娘が、息子の手紙に返事をくれた絵本作家であったことに驚き、涙ぐむが、こうしてつながった縁という糸が、さまざまな登場人物たちを結び付け、物語の綾を織りなしてゆくことを、私たちは知ることになるだろう。

善意の人が囲繞する土地と世界のなかで、この作品冒頭に、千春を駅まで見送る会社の同僚平松が、途中ヤク中の男にナイフで刺されそうになる場面があるが、これは実に怖い体験だ。ひとつ間違えば、人間はこんなことで殺されてしまうかもしれない。

宮本輝は、生を祝福する物語のなかに、一歩間違えば、とんでもないことに巻き込まれる「危機」を孕み込ませている。私たちの凡庸とも見える人生も、思えば危機だらけであると言っても過言ではないが、心を正しく持ち、他者を信じ、勇気をもって生きるならば、幸せになることが出来るだろう。全体のなかでは、取るに足りないような小さなエピソードながら、針で突ついて全体をブチ壊しかねない悪意を潜み込ませる、作家の透徹した世界観に感嘆させられる。

この作家の文学的なテーマが「人間にとって、しあわせとは何か」ということを追求することにある（随筆集『二十歳の火影』一九八〇年四月、講談社所収「文学のテーマとは、と問われて」）とは、よく知られているが、それは人間の「生まれながらについている差」「宿命」と闘い、「より良き生と死へと開いていくための、人間だけの共通した力と意思と実践」のうちにある（同、「宿命という名の物語」）。

宮本輝は、そのすべての作品のなかで、これを追求しようとしている。だからこそ彼の物語は私たちを感動させる。

それは彼の処女作「泥の河」や、〈川〉三部作と呼ばれている他の作品『螢川』（一九七八年二月、筑摩書房、「泥の河」も収録）と『道頓堀川』（一九八一年五月、筑摩書房）に流れている幸福へのひりつくような餓えと希求に源を発しているが、こうしたテーマを判りやすく描くことは、いわゆる純文学という縛りをほどき、新聞連載や女性誌、読み物系雑誌に長編小説を書くことによる読者層の拡大に理由の一つを求めることが可能だろう。宮本輝は、多くの人たちに生の検証を促しながら、幸福を追求してほしいと願っている。文学とはそのために存在していると確信しているのだ。

この作家はデビューしてもう四十年以上作家活動を行なっており、かなり多くの作品を発表しているので、ここには順不同ながら比較的新しい作品を中心にして話を進めてゆこう。

『草花たちの静かな誓い』（二〇一六年一二月、集英社）という作品のなかで、主人公の小畑弦矢という青年は、急死したおばの菊枝の遺産を受け継ぎ、アメリカ西海岸ロサンゼルスにやってきたが、そこで行方不明の彼女の娘、レイラの謎を追い求める仕儀に陥った。やがて謎は解き明かされ、そこに菊枝の揺るぎない決意と多くの人々の善意のあったことが判明するが、それを彼女の家の広大な庭園の草花たちが守り、ささやき、祝福しているという、にぎやかかつ向日的な日の光が満ちあふれている物語だ。

年代、性別も、職業も異なるさまざまな登場人物たちが、主人公の成長や幸福を見守るという構成は、この作家のとくに長編小説において通例のように見受けられるものであるが、これは登場人物たち、私たち読者を、より良き生を切り開くべく激励し、その「幸福」を作者が祈っているからに他ならない。この作家は悪人を描いても、それを地獄に突き落とすことなく、優しい目を注いでいる。

宮本輝の小説には、さまざまな登場人物たちが描かれている。例えば愚鈍で無能とも思える三十歳無職の青年は、見えないものを見ようと努力する、磨けば輝く原石のような存在だ。木を植えて、森を育てるようにして、愛情深く良識ある大人たちによって彼は守られている（『三十光年の星たち』二〇一一年三月、毎日新聞社）。阪神淡路大震災に遭遇し、おまけに夫や姑に裏切られた女性が、飛騨の山奥の森に癒され、生きる勇気を取り戻す物語（『森のなかの海』二〇〇一年六月、光文社）もあった。異国で消息を絶った兄を探す弟と、彼の子どもを産み、ひたすらその帰りを待ちつづける女が、失踪した男が抱え込んだ愛おしいほどの生の秘密にうたれ、あらためて生きることの意味を取りもどす物語（『星宿海への道』二〇〇三年一月、幻冬舎）もあった。

大阪の十三にある廃墟のビルで、何人もの戦災孤児を養育している奇特な青年たちがいる。その孤児のひとりは「ぼくは高校生のときに、人間は何のために生まれて来たのかってパパちゃんに訊いたことがあんねん」と言い、それに対し、父親代わりの青年、阿部轍正は、「自分と縁する人たちに歓びや幸福をもたらすために生まれてきたのだ」と、即答かつ断言したという感動的な物語だ（『骸骨ビルの庭』二〇〇九年六月、講談社）。

こうした高潔な魂を持つ人間に会えば、私たちは胸うち震わせて言葉を失くしてしまうのだが、宮本作品のなかには、実に魅力的で美しい心をもった人間が数多く描かれている。第二次大戦終戦直後に、困っている人を助けずにはいられないとして、大勢の人々をともなって朝鮮から脱出してきた見事な日本人男性の生き方も描かれていた。貰い受けた手文庫のなかにその記録を発見した一介の主婦、主人公の志乃子は、「他者への畏敬」にうたれ、流れともにかたちを変えつづける水に沿って生きてゆこうと決意する（『水のかたち』二〇一二年九月、集英社）。

また、宮本輝の作品には、私たちの心を揺り動かす名言に満ちていると言っても過言ではない。だがそれらは、決して説教臭くはなく、魂の奥にずしりと降りて来て、深く私たちの心に浸透する。「正しいやり方を繰り返しなさい」（『草原の椅子』一九九九年五月、毎日新聞社）、「何事も時間というものが必要なのだ」（『にぎやかな天地』二〇〇五年九月、中央公論新社）、「ありとあらゆる命を生みだしつづける力の源は慈愛なのだ」（『三千枚の金貨』二〇一〇年七月、光文社）、「すべてを受け入れて動じず」「すべてを包み込んで動じず」「森は木を拒まない。海は川を拒まない」（『森のなかの海』二〇〇一年六月、光文社）、「あなたは、いいお顔をなさっておりますな」「清らかな人間の心」「善を為そうとする心意気」（『約束の冬』二〇〇三年五月、文藝春秋）など、じつに味わい深い言葉が、登場人物たちの口をかりて溢れ出している。

聖人というのではない。主人公も登場人物たちも、そのほとんどが多くの短所、欠点を持ち、ある意味では特別な才能なぞ所有していない普通の人たちなのだ。作者はこういう人たち、そして作品を読む私たちを、あたたかい目をもって激励している。生きる勇気を築きあげるよう、再生を促し、彼らの人生、そして私たちの人生を肯定している。

ライフワーク『流転の海』（第1部、一九八四年七月、福武書店、一九九二年一一月、新潮社）がもうじき完結する。『地の星』『血脈の火』『天の夜曲』『花の回廊』『慈雨の音』『満月の道』『長流の畔』、そして『野の花』と、三十年以上にわたって断続的に執筆された松坂熊吾、妻の房江、そしてその一人息子たる伸仁の物語は、作家みずからの父と母、そして自身を素材として、多くの人々が生きて来た戦後という時代、日本という国のあり方を超えて、人間とは一体いかなる存在なのか、生きることの意味と幸福とを問いかける壮大な物語となって私たちを魅了する。百名を超える、実に多彩な、印象的、魅力的な登場人物たちが、それぞれに確かな顔をもって、人を裏切り、人に裏切られ、愛し、愛され、成功し、挫折し、泣きかつ笑う、骨太な一大絵巻となって、あらゆる読者たちを捉えて放さない。およそ日本の現代文学のなかで、もっとも面白く、最高度の達成をもった物語のひとつと言うことが可能だろう。この作家は手を抜くことがなく、あたたかな目をもって、人間群像ひとりひとりを活写している。

随筆集として『血の騒ぎを聴け』（二〇〇一年一二月、新潮社）『いのちの姿』（二〇一四年一二月、集英社）、吉本ばななとの対談集『人生の道しるべ』（二〇一五年一〇月、集英社）などもあるが、この作家の滋味あふれる人生観や世界観を知るうえに有益なものだろう。

宮本輝は、日々の危機や自堕落さ傲慢さに慣れ親しみ、生の危機に陥っている私たちに、「幸福」とは何か、ということを倦むことなく訴え続けている稀有な作家なのだ。

初期小説「こうもり」の構想

中西　進（高志の国文学館館長）

宮本輝が作家として出発する布陣のなかに、ひときわ際立って意欲的な短編小説「こうもり」を用意したことは、将来に向けての大きな試みだったのではないか。

「こうもり」は一九七八年十二月、「オール讀物」所載、翌七九年七月に『幻の光』に収められて出版された（新潮社）。

梗概を述べておこう。

主人公コンスケ（耕助）は恋人の洋子と落ち合って京都の詩仙堂を訪れようとしていた朝、大阪駅で高校時代の友人と出合う。彼は同じく級友だったランドウ（欄堂）の死を告げた。

ランドウとは屈強な体格をもち、乱闘事件を起こして停学処分を受けたり補導されたりした生徒だったが、野卑でもなく弱い者いじめもせず、コンスケにはむしろ好意的であった。

そんな昔のある日、ランドウは写真を持ち歩く女子高生の家を探すから同行してくれとコンスケに頼む。ところがランドウは尋ねあてた女の子と堤防の先へ消えたまま、いつまでも戻ってこない。コンスケは一人で帰ってしまう。

その日以後、ついにランドウは学校に現われず、行方もさだかでなかった。

さて死を告げられた日、コンスケは洋子と会い、京都の宿で体を合わせたのち、詩仙堂へいく。洋子が一人で中に入り、コンスケは外で待つ。

しかし閉園時間がすぎても、洋子はいつまでも出て来なかった。

放置される人物

では、洋子が時間をすぎても出て来なかったとはどういうことか。

その理解のために多少の補助線を求めると、作者はこの場面に十何年前のランドウが戻って来なかった時と同じような光景を描き、同じくクレーンの音がひびいていた、と書く。あの、静かな京都の町なかの詩仙堂で、である。

要するに、ランドウも洋子も消えてしまう、ということだ。

もちろんランドウの戻りが遅かったからコンスケが勝手に帰ってきただけだといえるかもしれないが、洋子にはその後の叙述がまったくない。

作者は、ランドウも洋子も閉じこめたまま出すつもりはないのだ。

そもそもランドウとは何物なのか。

何のために、女子高生の家を尋ねていくのかとコンスケがきくと、ランドウは「あれをしたいんや」という。そして「堤防の向こう」に消えたまま、その後の記述から放置される。

それればかりか登校もぴたりとやめ、ヤクザの一味になったといううわさがあったと、遠く木霊を聞くような素振りにしか、作者は彼を書きとめない。

一方洋子については、コンスケに妻子があって洋子は二十九歳の独身。この恋愛も二年たっていて、洋子は「……うん、もう辛抱でけへんと思う」ようになっている。

そんな身を詩仙堂の暮色の中で激しく舞う落葉に包みながら、洋子はもう出口へと歩むことがないのである。

なぜか、作者はランドウにも洋子にも、その後の辻褄合わせを一切しない。

詩仙堂も「堤防の向こう」も比喩空間にすぎないらしい。これらはともに、人間関係のない「放置空間」とよぶのがよいであろう。

こうして現実の時間も空間も、鋭く切断していく作者。この小説では、人間も現象も、不連続な切片としてしか、作品の構造に参加しない。

そのように人間は、ばらばらに放置されているのだという作者の主張は、作者が一方、たとえば「泥の河」で物語を柔らかな手触りで紡いでいくのと、およそ正反対ではないか。

視点の移動

現実の辻褄から放置される人間。それはきわめて抽象化された現象の姿に似ている。

早い話、作者は主人公らをニックネームでコンスケ、ランドウとよぶ。もちろん読者の手前、実名らしいものが追記されるにしても、作者はおよそ公共度の低いニックネームで小説を進める。

ランドウを作者は、不良生徒どころか逆に、理想主義者に仕立てようとしているのだろうか。まるで儒学者まがいのこの名も、世の中の理想主義者の表象かもしれない。彼は一途な若者でこそあれ、やみくもに暴力的な生徒でないことを役割りとする。

一方のコンスケ―耕助という名づけ方にも、農耕にいそしむ実直な、しかしささやかな欲望も捨てがたい、都会なら小市民的なイメージがある。

この二人にくらべると、洋子は克明に書かれているように見えるが、洋子も役割りにおいては、典型をいくらも出ず、抽象性が強い。

洋子と世俗の名でよばれてはいるが、洋子の「わたし」はどこまで個別的なのか。彼女にはかつて恋人もいたし、縁談もあったというが、けっきょく結実せず、父親はもくろみどおりと喜んでいる。「俺の見つけた男を養子にもろうてやって、あとを継がせる」というのだから「洋子」の出番はない。

その上、もう辛抱できないとなれば、現実の洋子に「わたし」はない。

また洋子は七代続いた昆布屋の娘だという。大阪のそれといえば、誰でもすぐ店の名を思い浮かべるほどの、大きな桎梏をもっていることを、作者は暗示する。

そこで、このように三人を配置してみると、見えてくるものは、小市民を基点として理想らしきものや欲望らしきものが一つの空間にとじ込められる抽象画の絵模様である。

「わたし」の放棄、その後に残されるものは無機質な抽象的な造形図ばかりだ。こうなるとわたしの文章も、もう絵画論になってしまう。そう、絵画に具象画と抽象画があるように、文学にも具象文学と抽象文学があるはずだ。

ここで注目すべき点はつぎの叙述であろう。

作者はいう。

京都へ行こうと呟くとき、洋子の白目の部分は、いつも青味がかっている。

作者は「幻の光」の中でも、「あんた」とよばれる男の目が「ひんがらめ」になることが時々ある、と書く。

一見このユーモラスな描写は宮本の自己韜晦で、きわめて重要な視点の比喩を示すのであろう。この「あんた」の「やぶにらみ」と反対の、洋子の見開いた青眼が、「放置空間」を見つめる。当然ここには、あのエッシャーで有名な「視点移動《トロンプルイユ》」が連想されるべきである。しかも「こうもり」の視点移動は作品の秩序を乱さない。もちろん「だまし画」でもない。むしろあるべき正眼によって「わたし」を抽象化することで、一つの実体が見える。

これは宮本作品にいつも感じる普遍性に他ならないだろう。

乱舞の孤独

それでいて、移動する視点は騒然たる乱舞をさえ招き入れる。あの「螢川」で読者を圧倒した蛍の乱舞と同様の描写を、ここにも用いる。

くなかう男女を抱える堤防の蔭の、汚れた暗い上空に、すさまじい数のこうもりの乱舞がある。鈍く黯《くろ》い目を持つ、鳥とも獣ともつかない生き物の醜悪な踊り。官能の飛沫でもあり、奇怪な熱情にあやつられる精魂のざわめきでもある乱舞。

じつはこれに先立ってランドウたちは場末の屍に群がるおびただしい銀ばえを見た。

この無数の銀ばえが夕闇の空に浮上して、こうもりとなった。

そしてまた、こうもりは洋子を閉じ込めた詩仙堂の上空にも飛び交っていた。空に降る落葉の黯い交錯。それは十何年前の、こうもりとそっくりだった。

では一体、作者はこのような着想をどこから得たのだろう。例のヒッチコックの映画「鳥」（一九六三年）やその原作ダフネ・デュ・モーリアの"The Apple Tree"（一九五二年英・ブランツ社）所収の「鳥」、またその和訳（一九六三年鳴海四郎、早川書房）によるのだろうか。

しかしいまわたしは、時系列的にこれらを見つめながら、ここに宮本の、圧倒的な創造性を感じとる。デュ・モーリアのそれは鳥害といったものにすぎない。ヒッチコックの映像は粗暴にすぎる。一方、「こうもり」の乱舞は薄暮の心を映しながら、寂寞とした孤独を極める。

わたしはこの終末に限らず作品全体に、前衛映画とよばれる、たとえばベルイマンの映画と近似する手法を感じるが、これら前衛的手法によって関係が切断された映像のイメージ、そこに浮かび上る現代が抱える哀切な孤独が、鳥の乱舞の中にある。

もちろん、日本の伝統の中にも、紛々とした落花や落葉がもたらす視界の「まぎれ」による落命伝承がある。これにふれた小林秀雄のエッセイ「中原中也の思ひ出」もある。古風なだけの話ではない。

これらをふくめると、「こうもり」の斬新な着想と先鋭な構成が載せられている土台には、驚くべき広さと深さがある。

宮本輝は一方に「螢川」や「泥の河」で郷愁にも似た心の深奥の韻律を物語に載せて語ったが、むしろここでは安易なリリシズムへの惑溺を冷静に避けつつ、リリシズムが奥深く秘めるその亀裂を、こうもりに寄せて書いたのではないか。

大きな構想を孕む素描のようなものがここに見える。

その饒かなる舌

加藤　健司（北日本文学賞地元選考委員
山形大学学術研究院教授）

このような場で告白してしまうのもなんだが、地元選考委員はつらい。毎年秋の声が微かに聞こえはじめるころ、北日本新聞社からいくつもの段ボール箱が送りつけられる。開封して、きれいにコピーされた応募作品をノートを手にやおら読み始める。というと、優雅とさえ思われるかも知れない。しかし、ひとさまの作品を読んで点数をつけ、後の判断のため短からぬコメントまでつけてゆくのはしんどい作業だ。それでも続けられるのは、それが、無数（とさえ思える）の応募作のなかから宮本先生のもとに届けられる数作を選ぶ、いわば真剣勝負の緊張と喜びを伴う仕事だからである。

そして年が明けると文学賞の贈呈式となる。受賞者のみなさんとともに宮本先生にお目にかかり、文学についてのお話しをうかがう至福のときである。たとえば、入賞作品集『北日本文学賞作品集』中の「濁りのない小説だが、そのぶん香辛料も利いていない」、あるいは「どれも題が恐ろしいほど下手だ」という、恐ろしいほど率直な先生の選評をお読みになっただろうか。贈呈式後応募作についてお話しになる宮本先生はあんな感じである。こわい。ところが、当日の懇談の場は笑い声が絶えない。それはある部分、先生の柔らかな関西弁によるのだろう。しかし、そもそも毎年の紙上の選評は関西弁で書かれているわけでもない。おそらく、さまざまな物語を紡いでこられた先生のことばには、読み聴く者たちの胸に強く優しく染みこんでゆく力がある、そういうことだと思う。

文学賞応募作の選考をしていると、それは書かなくてもいいのに、という一行がしばしば目につく。鼻につく、と言ってもいい。小説における「饒舌」とはなにか、考えさせられる。それは、ことば数や多層的な描写だけを指すのではないと思う。ことば自体の豊かさを信じ、それを十全に用いて読む者の心に訴える力、それが小説の「饒舌」でもあろう。

今年も宮本先生の饒《ゆた》かなる舌が生み出す選評を読み、直にお聞きするそのときが、いまから楽しみでならない。

想う

林　英子（北日本文学賞地元選考委員　第3回北日本文学賞受賞者）

　宮本輝は生命力の強い人だと想う。でなければ人間の感情、営み、自然界から魑魅魍魎まですべてが誰かの使い古しと思える材料から、素朴なまでに簡明に、天真爛漫なまでに正直に、真正面から人間を見つめた、あのように新鮮で魅力的な作品を展開し続けることはできまい。

　二十七年前の初対面の時、少壮気鋭の宮本輝は輝いていた。人が光を放つのを見たのは初めてだった。将来、日本の文学界を背負うと確信できる光だった。不屈の努力、精神力、伸びやかな感性、才能――それらを包み込んだ宮本輝という作家の生命力が輝いていた。

「北日本文学賞」の授賞式や懇親会でも感じることだが、その人柄は柔らかな関西言葉と呼応して人の心を警戒から解き放してくれる。作品もそうだが、マジックなど必要としない。最初から手の内を、胸の内を見せてくれている。その時宮本輝が一人ひとりの生きる姿を見る目、語る言葉は哀しいまでに美しい。その描く喜びはパステル色に滲み、その描く怒りは誇りに裏打ちされている。

　強く感銘するのは、人間の闇の部分の捉え方。宮本輝の闇は底知れず深く落ちていく闇ではなく、暁闇の闇。底から浮上してくる光を秘めた闇だ。「死」さえ闇として捉えていないように思う。人が「死」を生きる最期の時間にも、宮本輝はそれぞれの人生を労うように、そっと寄り添って耳元に歌いかけてくる。それはあたかも人が生まれる以前の魂の場所へ、あるいは母胎へと送り帰そうとする子守歌にも似ている。

　私は「井上靖選」でも長く下読み選考をした。大作家の晩年は、仕事という濁流が流れに流れて清らかに澄み、大河の水となって大海に導かれていくような世界に思えた。仕事には失望や落胆、希望や高揚の繰り返しが伴う。現在、宮本輝という作家を想う時、果てしない天空へと続く螺旋階段を一人何処までも昇っていくように見える。そしてその姿には、華があり、色気がある。

北日本文学賞地元選考委員から見た宮本輝

八木　光昭（北日本文学賞地元選考委員
元　聖徳大学教授）

　人の想念から紡ぎ出される物語は実に多様だ。そこに描かれる人の営みの諸相とそれを描く作者の意図を読み解いて行くのは大仕事だ。巧拙こもごも、応募作を読み進めるうちに、やがて頭の中は棒でかき回されたかのごとくとなる。宮本さんに送付する6作品を選ぶ地元での最終選考では、その少々情緒不安定となった選考委員が集まって、侃侃諤諤の議論が蜿蜿となされる。委員全員の評価が一致することは、当然のことながらない。しかし、私たちは幸せである。入賞作を決める責務はない。その重い責務は宮本さんにゆだねられる。あとは、宮本さんがどのような評価を示されるか、興味津津正月元日の新聞紙面を待つばかりだ。

　回を重ねるに従い、応募作の水準が上がってきている。入賞候補作ともなると、なかなか甲乙付けがたい。選考の難しさは毎回の宮本さんの選評に明らかだ。しかし、この苦しみを倍加させているのは、どうも選者の誠実なお人柄にある。実に丹念に精致に各作品を読み込まれるのだ。受賞式の後、昼食会が設けられ、そこで入賞者の三人に、それぞれ評言がなされるのだが、それは詳しく細部に及ぶ。優れた作家が優れた読み手であるとは限らない。ましてや、名も無き書き手の作品に対してこれ程丁寧に接する作家は稀だろう。この上もない選者の存在が、北日本文学賞の存在をゆるぎないものにしている。

　さて、甲乙付けがたい候補作から入賞作を決める宮本さんの究極の基準とは何なのか。これは難題だ。宮本文学の要諦に関わる。『時の流れの中で、人の「生」の諸相がどのようにその態様を変えようとも、ゆるぎなく変わらぬ人間の本質がある。その本質が作品に結実されているかどうか』ということか。それには、仮象を通して本質を見抜く感性が必要だ。戦後の猥雑混沌とした「泥の河」の町で「生」の本質を嗅ぎ分ける信雄少年の感性が求められることになる。選者は、デビュー以来、信雄少年の感性を失わぬ。そのお眼鏡にかなう作品となると……、いやこれは、ハードルが高い。

宮本先生と握手

吉田　泉（北日本文学賞地元選考委員　富山県芸術文化協会名誉会長　元 高岡法科大学教授）

北日本文学賞の地元選者になって、恒例の受賞者懇談会で初めて宮本輝先生にお会いすることが出来ました。別れ際おこがましくも宮本先生に握手を求めたところ先生は気さくに応えてくださいました。その時の先生の手の感触を今でもよく覚えています。華奢な、余りにも華奢な何かに触ったようで、私は咄嗟に手を引っ込めるべきではないかと感じました。

宮本先生は、座談の大名人であり、人の気を逸らさない豊富な話題でいつも一座を和ませてくださいますが、その基にある研ぎ澄まされた感性は、一見華奢に見えようとも実は時に殺気を含む厳しさに張り巡らされているのではないでしょうか。それが握手によって一瞬私に伝わった、と言っては思い込みに過ぎるでしょうか。

言葉と言葉の「間《ま》」によるセリフによって人の魂を語らせたのはメーテルリンクでしたが、私には、宮本先生の作品を拝見していると、先生はその「間」において小説を厳しくまた雄渾に構築される稀有な文学者だと思われます。

でも先生はやはり周りの多くの人々の気持ちを深く慮る優しい方でもあります。文学賞最終地元選考委員会での、それぞれの委員の意見をとても尊重していただき「～さんは（と或る委員の名を挙げて）この作品（或る応募作）のこと何と言うとるんや？」と新聞社の記者によく質問されるというのも、私達委員からすれば冥利につきます。これまた人間と人間のあいだの「間」によって成り立つ小説というものに対する、先生の直感力のなす業なのでしょうか？

先生はまた、「風土の持つ『魔』」とよく言われます。「この『魔』を無視しては優れた芸術は生まれようがない」とも。前述の「間」とこの「魔」が相通ずるものであるかどうか分かりませんが、全く無縁と言えるのでしょうか？

かくて先生と持たせていただくほんの短い時間の会話は、私にとっては深い含蓄ある宣託のようでもあり、また何か世俗を離れて行く天界への入り口のようでもあります。

さて、初回以来、なかなか先生に握手してくださいと言い出せません。

北日本文学賞選者・宮本輝さんの選評から

寺田　幹（北日本新聞社 文化部長）

「私が芥川賞を貰ったころ、三十枚で短編が書けたら一人前だといわれた」「作家としてのすべての力量が試される枚数だと知って慄然としたのだ」

短編小説の公募文学賞「北日本文学賞」の作品集で、選者の宮本輝さんが巻頭言でつづった言葉だ。五十回という節目に合わせ、二〇一六年一月に刊行された。宮本さんが昭和三十年代の富山市を舞台にした「螢川」で第七十八回芥川賞を受賞したのは一九七八年。文壇を代表する作家となった今もなお、受賞当時の思い出を振り返るところに、原稿用紙三十枚という短編の難しさが伝わってくる。

北日本新聞の元日号には毎年、受賞作とともに宮本さんの選評が掲載される。応募作に向けられる言葉は、厳しくも温かい。さまざまな例えを用いた助言もあり、小説を書く上で心得ておきたい至言が並ぶ。受賞作以上に「選評が読みたい」と、県外から何人も購入の問い合わせがある。どんな内容なのか。

文壇の重鎮が就任

宮本さんが北日本文学賞の三代目選者に就いたのは二十七年前の第二十六回から。故丹羽文雄さん、故井上靖さんの後を受けての就任だった。地方の文学賞ながら、文壇の重鎮の名前が並ぶのは、「経済では中央に及ばなくても、文化なら引けをとらない」という気概の表れだ。富山県の地元紙、北日本新聞が、「地方の新鮮で個性豊かな書き手の発掘」を掲げて一九六六年に創設した。第一回は百五十編程度だった応募数も現在は、毎年千三百編前後になり、「短編の北日本」として広く知られるようになった。

毎年、宮本さんに届けられるのは、地元選考委員が選りすぐった候補作六編。千編を超す応募作を勝ち抜いた作品だけに選評も「今回ほど選ぶのに悩んだことはない」「とても難儀を強いられた」と単独選ならではの苦労を吐露することが多い。

だが、選評はそこから一編一編への深い洞察と厳しい目が感じられる「本編」に移っていく。

東芝日曜劇場

作品が「ドングリの背比べ」となったとき、まず何に目を光らすのか。チェックするのが題材だ。第三十一回では、若い男女四人の恋愛らしきものを描いた作品を「よくあるテレビ・ドラマにすぎない」とばっさり。続く第三十二回では、男性の応募作を「こなれた文章でそつがない」と評価しながらも、ありがちな筋運びを「作品の世界が東芝日曜劇場的になった」と、ホームドラマの代名詞を挙げ、次点の選奨にとどまった理由を解説した。第三十三回では「単なる『お小説』にとどまった」、第三十五回では「まさしく『予定調和』という添加物によって幕を閉じる」と言葉を変えて選から漏れた理由を明かしている。

同様に物語の閉じ方も厳しく指摘した。第三十四回では若い男性の作品を「安易な『作り』が見えて」次点の選奨にしたという。主人公の父と、ふいに姿を消した恋人の父が、共に同じ望みを抱いていたという構成を「作為が感じられ、作品に奥行きをなくした」と見切った。あからさまな「作為」は、読み手を作品世界から現実に引き戻してしまう。

登場人物を生かし切れずに終わるのも、読者を置き去りにしてしまうと嫌った。第四十一回では、二十九枚目まで最もいいと感じた作品が、「最後の一枚で梯子を外されたような気分になった」と記した。理由は、「隣家の引きこもりの男」という、いかにも意味ありげに描写された人物が、大した役割を持たなかったからだ。「小説というものが、たった一行で破綻する好例である」と、書き手なら背筋が寒くなるような苦言を呈している。

こうした指摘をまとめたのが、第四十三回の選評だろう。「小説の筋立てに都合のいい登場人物が、セリフで都合良く何もかもを読者に説明していってくれる。私はこういう小説は嫌いである」

「決まり文句」を戒めたのは、第三十三回だ。コオロギが鳴く場面で「リリリリ」「リリンリン」と何度も描写した女性の作品に「いったい何箇所鳴かせば気が済むのか」と怒った。「コオロギが鳴き始めた、でいいではないかと、うんざりしてくる」。他にも「雨がしとしと降る」「べろんべろんに酔う」などの常套句を並べ、「あまりにも無神経に使いすぎるのである」と強調。「そのような語句を使わずに、コオロギの鳴く声を、酔っぱらいのさまを読む人の心に喚起するのが文学なのだ」と考えを述べている。

気配の向こう側

抑えた表現で読み手の創造を広げる――。そんな短編の特性を形にしたのが、第三十回の受賞作、花輪真衣さんの「ブリーチ」だ。沖縄の混血児の目線で描かれた作品は、過剰な説明もなく、話を進めるの都合のいい登場人物もいない。だが、沖縄の景色が目に浮かぶ。宮本さんは「読み終えて南の海にジャンプする鯨の姿が目に浮かんだ。そのような描写はないにもかかわらず、読み手に、たとえ一瞬にせよ、鯨のジャンプする姿を思い描かせるというのが短篇の切れ味なのである」とたたえた。

第三十七回では、丸岡通子さんの「みみず」が短編らしい切れ味を持つ作品として受賞作に選ばれた。主人公の女性に男が「奥さん、みみずを掘らせてください」と頼む場面が繰り返される。選評では、みみずが主人公の内面にうごめく生身のメタファ（暗喩）とし、「さまざまな気味悪さの源を汲みあげている」と解説した。

第二十九回では「〈たったの三十枚〉は、なんと〈厖大な三十枚〉に化けるものかと、あらためて感心させられる。昨今の職業作家の多くは、三十枚で充分に書ける素材をいたずらに三百枚に増やしてしまって、芯を無くした」と指摘した。短編の本質については、第四十二回でも語っている。「淡々とした一瞬、ないしは一時期の心の揺れを描き込むことで、そこに具体的には描かれてはいないものを透かし見せようという企みである。気配の向こう側にあるものを見せようとする目なのだ。短篇小説の可能性を最も発揮できる技法であるが、そこで必要とされるのはまず文章力であり、『いかに書かないでおくか』という筆さばきである」。北日本文学賞は贈呈式後に宮本さんと受賞者の懇談会を開いている。しばしば話題になるのが、この「いかに書かないでおくか」である。ある年は、芥川賞受賞作の「螢川」に触れ、「今ならもう（原稿用紙）一枚半は削れる」と語った。作家として、それほど「省略と抑制」に気を配っている。

最後に「小説を書く意味」に触れたくだりを紹介したい。

第三十回では、父が失踪し、祖父が失踪し、最後には母までが失踪した作品について、「小説とは、こんなにも暗いものだったのかと落ち込んだ」と嘆いた。一方、第三十九回では松嶋ちえさんの受賞作「あはは の辻」を高く評価した。突然現れた十歳の異母弟に戸惑いながらも、きょうだい二人で新たな暮らしを作ろうとする前向きな主人公の描き方に「作品の底にある人生肯定の調べに一票を投じた」と好意を寄せた。第四十一回の受賞作、阪野陽花さんの「催花雨」については、「『宇宙に祝福されずして生まれ出る命などひとつもない」という明確なメッセージを感じた」と記した。あるインタビューで宮本さんは「幸せについて書く以外、小説を書く意味はない」と語っていた。作家として揺るぎない芯が、選考の基準にもなっている。

人生への視力

物語に芯を作り出す、書き手としての心得と作法。文学を志す人なら是が非でも得たいものだろう。宮本さんの選評は「題名の付け方」「人生の一瞬を照射する」「いかに書かないでおくか」など、他にもさまざま応募作を例に説明している。余すところなく紹介したいところだが、選評の教えに沿って「省略と抑制」を利かせることにしたい。

この稿の終わりに当たり、作品集の巻頭言から、宮本さんの短編への姿勢が伝わるもう一節を引いておく。

「三十枚の優れた短篇が書ける人は、千枚、二千枚の長篇が書ける人でもある。（略）短い枚数の中で小説のすべてが求められる。素材の選択、構成力、文章力、書き手の人間としての厚み、人生への視力等々。小手先のフラグメントの集積だけでは手に負えるものではないのだ」

宮本さんの数々の短編を読めば、そんな厳しい条件の数々をクリアしているのが分かる。世の中や人を丁寧に、真摯に見つめ続け、一言一句を吟味し、絞り出しているからこそ、である。

宮本輝 選『北日本文学賞作品集』（二〇一六年　北日本新聞社）

北日本文学賞（北日本新聞社主催）は、新鮮で個性豊かな作家の発掘を目的に昭和四十一年（一九六六）に設けられた短編小説のコンクールで、初代選者に丹羽文雄を招き、第三回からは井上靖、第二十六回からは富山ゆかりの宮本輝を選者に迎えて現在にいたる。本書は、創設五十年を記念し出版されたもので、一九九一年度（第二十六回）から二〇一五年度（第五十回）までの入賞作二十五点を収録する。

中沢ゆかり「夏の花」
三村雅子「満月」
長岡千代子「遠きうす闇」
我如古修二「この世の眺め」
花輪真衣「ブリーチ」
早瀬馨「眼」
長山志信「ティティカカの向こう側」
岩波三樹緒「お弔い」
井野登志子「海のかけら」
佐々木信子「ルリトカゲの庭」
菅野雪虫「橋の上の少年」
丸岡通子「みみず」
夏芽涼子「花畳」
松嶋ちえ「あははの辻」
飛田一歩「最後の姿」
阪野陽花「催花雨」
村山小弓「しらべ」
齊藤洋大「彼岸へ」
のむら真郷「海の娘」
沢辺のら「あの夏に生まれたこと」
瀬緒瀧世「浅沙の影」
中村公子「藁焼きのころ」
鈴木篤夫「ビリーブ」
森田健二「風邪が治れば」
高田はじめ「かんぐれ」

エッセイ集

二十歳《はたち》の火影《ほかげ》

昭和五十二年（一九七七）から昭和五十五年（一九八〇）までの三年間に、新聞、文芸誌、会報誌、雑誌などに掲載された作品を収録する。父の事業の関係で富山に移り住んだ幼い日の思い出をはじめ、文学と初めて出会った中学時代、新設大学に入学し、コートづくりから始めた硬式テニス部での日々、父の事業の失敗と死、広告代理店でコピーライターとして働いた頃、そして小説家へと進んで行った過程など、自らの波乱万丈の生い立ちを語る。

［単行本］ 1980年　講談社
［文庫版］ 1983年　講談社
文庫
2005年　講談社
文庫 新装版
［全　集］『宮本輝全集』第14巻
1993年　新潮社

命《いのち》の器《うつわ》

芥川龍之介賞受賞直後に患った結核の療養後にあたる、昭和五十五年（一九八〇）から昭和五十八年（一九八三）にかけて発表された作品を収録する。幼少の頃の、父との思い出を語るエッセイ（Ⅰ・Ⅱ）では、小説作品の中でデフォルメされた父親像とは違う、戦中戦後を生き抜いた生身の父親の姿が子供の視線で描かれている。自身の作品をテーマとしたエッセイ（Ⅲ）とともに、一連の宮本作品を読み説くヒントになる文章がつづられている。

［単行本］ 1983年　講談社
［文庫版］ 1986年　講談社
文庫
2005年　講談社
文庫　新装版
［全　集］『宮本輝全集』第14巻
1993年　新潮社

本《ほん》をつんだ小舟《こぶね》

本エッセイは若き日の宮本輝と名作との出会いを書き留めた、青春時代の読書の記録である。同時に、若い読者への格好の読者案内にもなっている。母親が親戚の家で睡眠自殺を図った日、震えながら押入れの中にスタンドを持ち込んで読んだ井上靖の「あすなろ物語」、中学校三年生から高校一年生の夏まで、ズボンのポケットに入れていた三好達治の詩集「測量船」など三十二冊を、その本にまつわる印象的なエピソードを交えて紹介する。

［単行本］ 1993年 文藝春秋
［文庫版］ 1995年 文春文庫

生《い》きものたちの部屋《へや》

作家・宮本輝の書斎に住まう、創作活動を「触発」する「生きものたち」を紹介したエッセイ集。壁の絵、万年筆、インク、地球儀、酒器、愛犬……。そんな彼らにことよせて、そのこだわりや、作品ができあがるまでの裏話、幼少期・青春期の思い出などがつづられる。最後には、ほとんどの「生きものたち」を奪い去った、阪神・淡路大震災の被災体験である「平成七年一月十七日からの日記」が書き下ろしで収録されている。

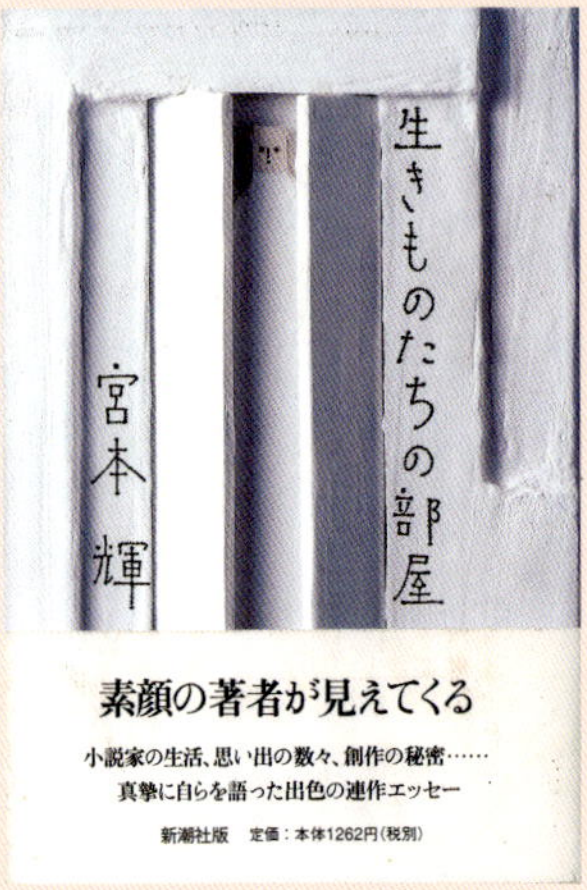

［単行本］ 1995年 新潮社
［文庫版］ 1998年 新潮文庫

血《ち》の騒《さわ》ぎを聴《き》け

宮本輝の子ども時代の思い出から、宮本家に訪れた出来事の数々、阪神・淡路大震災で被災したときのエピソード、父母との思い出などがつづられた、バラエティーに富んだエッセイ集である。また、旅先での出来事や、井上靖をはじめ、水上勉、宮尾登美子、黒井千次といった著名作家との逸話、さらには宮本の「血の騒ぎ」によって生み出された「螢川」「流転の海」など、自身の数々の名作のことなども語られている。

［単行本］　2001年　新潮社
［文庫版］　2004年　新潮文庫

いのちの姿《すがた》

平成十九年（二〇〇七）から平成二十六年（二〇一四）まで、京都・高台寺和久傳発行の「桑兪」に掲載した宮本のエッセイを一冊にまとめたもの。これまで語られることがなかった異父兄のことをつづる「兄」、シルクロードの旅の回想「星雲」、自身の馬主経験を記す「殺し馬券」、不安神経症を乗り越えて自身の創作活動を見つめ直す「パニック障害がもたらしたもの」など、「生」の深淵を見つめる十四編の文章を収録する。

［単行本］　2014年　集英社

紀行

異国《いこく》の窓《まど》から

宮本にとって初の新聞連載小説となる「ドナウの旅人」。その執筆のため行われた、源流から河口までのドナウ川約二八〇〇キロの旅の記録。ドイツ、オーストリア、ハンガリー、ユーゴスラヴィア（当時）、ブルガリア、ルーマニアの国々を巡る中で、小説の原風景である豊かな自然と、解放前の東ヨーロッパの人々の暮らしを記す。中国作家協会の招聘《しょうへい》により中国・成都を訪れたときのことを書いた一編も収録する。

［初　出］「CLASSY」1984年6月～1987年8月
［単行本］1988年　光文社
［文庫版］1991年　角川文庫
1996年　文春文庫
2003年　光文社文庫
［全　集］『宮本輝全集』第14巻
1993年　新潮社

ひとたびはポプラに臥《ふ》す

一七〇〇年近く昔に生きた訳経僧・鳩《く》摩羅什《まらじゅう》の歩いた道を、いつの日か自分もまた歩きたいという二十年来の夢を賭け、中国・西安からパキスタンのイスラマバードまで、約六七〇〇キロにおよぶ道のりを、約四十日かけて車で走破した旅の紀行文。広大な砂漠と永遠の時間が流れる文明と民族の十字路と呼ばれるシルクロードで、宮本が何を見、何を感じ、何を考えたかが、豊富な写真とともにつづられている。

［初　出］「北日本新聞」1995年10月～1999年11月
［単行本］1997年～2000年　講談社（全6巻）
［文庫版］2002年 講談社文庫（全6巻）

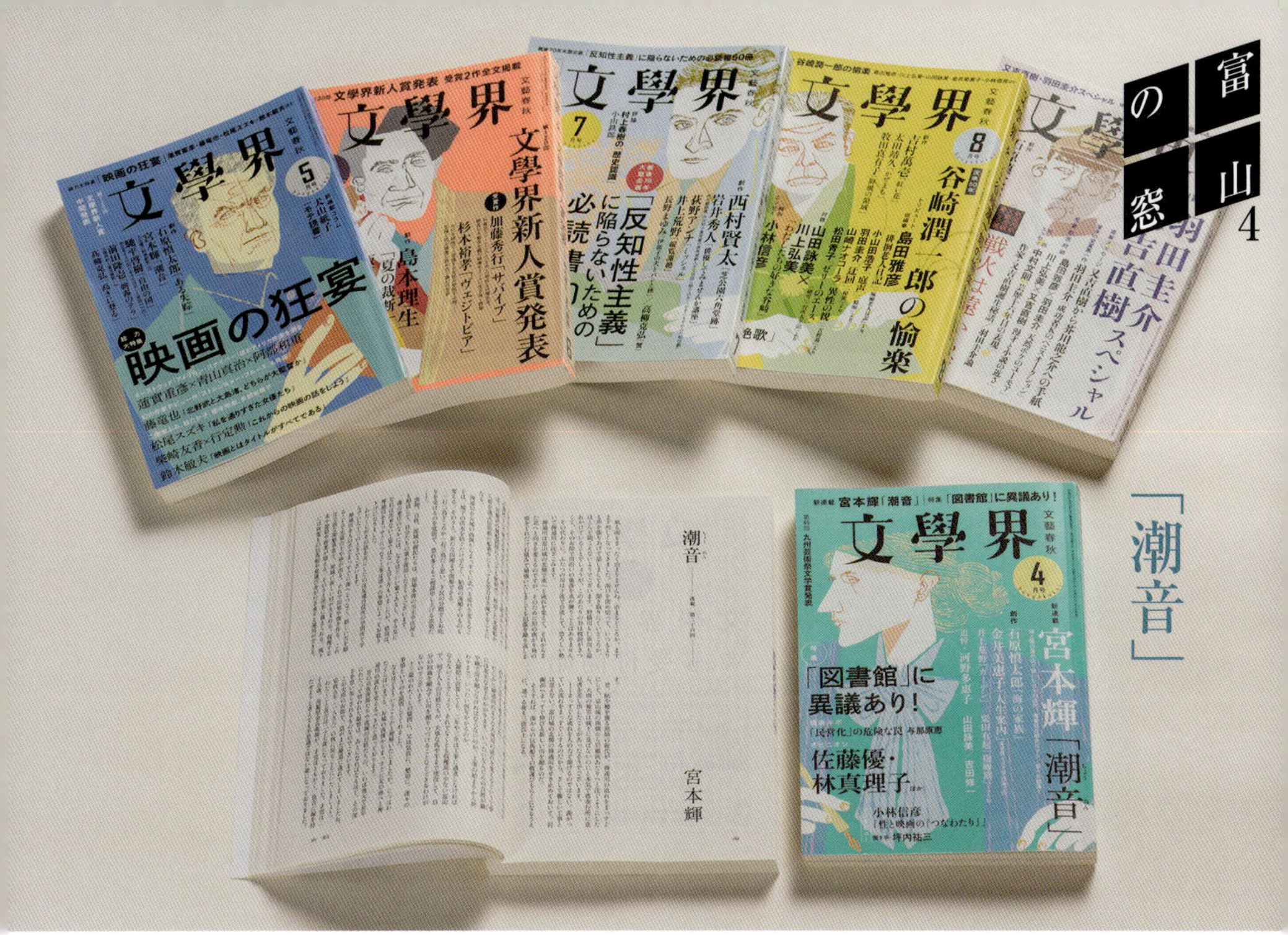

富山の窓 4

「潮音」

文学誌「文學界」（文藝春秋）で平成二十七年（二〇一五）四月号から連載されているのが、「潮音《ちょうおん》」である。越中八尾の売薬人を主人公にした小説で、宮本輝にとって、「田園発　港行き自転車」に次ぐ、富山に深く関わる作品である。

物語は、明治十三年（一八八〇）、東京から訪ねて来た客に、和紙問屋の息子、川上弥一が、昔の出来事を語って聞かせる形式で進んでいく。その口から語られるのは、幕末における薩摩藩の暗躍の背景に、越中売薬の活躍があったという事実だった。

江戸時代、越中八尾は丈夫な紙を産出することから、薬の包装紙に適しているとして、越中富山の売薬業とも深い関わりをもっていた。越中売薬は「仲間組」という組織をつくり、全国各地に販路を広げていたが、薩摩藩との間では秘密の取引が行われていた。薩摩藩が行う琉球を介した清との密貿易に、輸出品の柱となる松前昆布を北前船によって秘密裏に運ぶというかたちで関与していたのである。

主人公の弥一は、ある日、有力な廻船問屋・薬種問屋である「高麗屋」への奉公を命ぜられ、薩摩藩と深く関わるようになる。やがて、時代の荒波に巻き込まれていくことになるのだが……。

幕末から明治維新にかけて、激動する時代を生きた庶民の力強い生きざまが、史実を絡めて描かれている。本作は、宮本輝初の歴史巨編小説でもある。

対談集

道《みち》行《ゆ》く人《ひと》たちと

各界の第一線で活躍する方々と語る初の対談集。対談者は、田辺聖子、織田正吉、村田幸子・西阪廣、水上勉、中上健次、松本健一、高山直子、吉田善哉、桂三枝、森南海子。小説家、評論家、アナウンサー、精神科医、牧場経営者、落語家、服飾デザイナーなど、対談者の職業も様々なだけに、話題もバラエティーに富む。宮本の創作にかける熱い思いや「宿命と使命」といった人生に対する深い洞察がうかがえ、作家の素顔を伝えている。

［単行本］
1984年　文藝春秋
［文庫版］
1988年　文春文庫

メイン・テーマ

「潮」昭和六十年（一九八五）六月号から六十一年（一九八六）五月号までに掲載された、各回気鋭の方々との対談を一冊にまとめたもの。対談集としては『道行く人たちと』に続き二冊目になる。対談者は林真理子、小栗康平、マルセ太郎、杉浦日向子、おすぎ、野田知佑、黒井千次、半田真理子、西川きよし、小林伸明、高野悦子、宮尾登美子の十二名。ときには軽妙に、ときには神妙に、それぞれの人生について語り合う。

［単行本］
1986年　潮出版社
［文庫版］
1990年　文春文庫

人生《じんせい》の道《みち》しるべ

文芸WEBサイト「RENZABURO」で平成二十五年（二〇一三）から三年にわたって続けられた宮本輝と吉本ばななとの対談を一冊にまとめたもの。「現実世界は、理不尽で大変なことばかりだからこそ、せめて小説の世界では、心根のきれいな人々を書きたい」という二人の作家が、人間関係、創作の作法、家族と結婚、健康、死生観などについて語り合う。小説が問いかける「幸せ」のかたちを解き明かす。

［単行本］
2015年　集英社

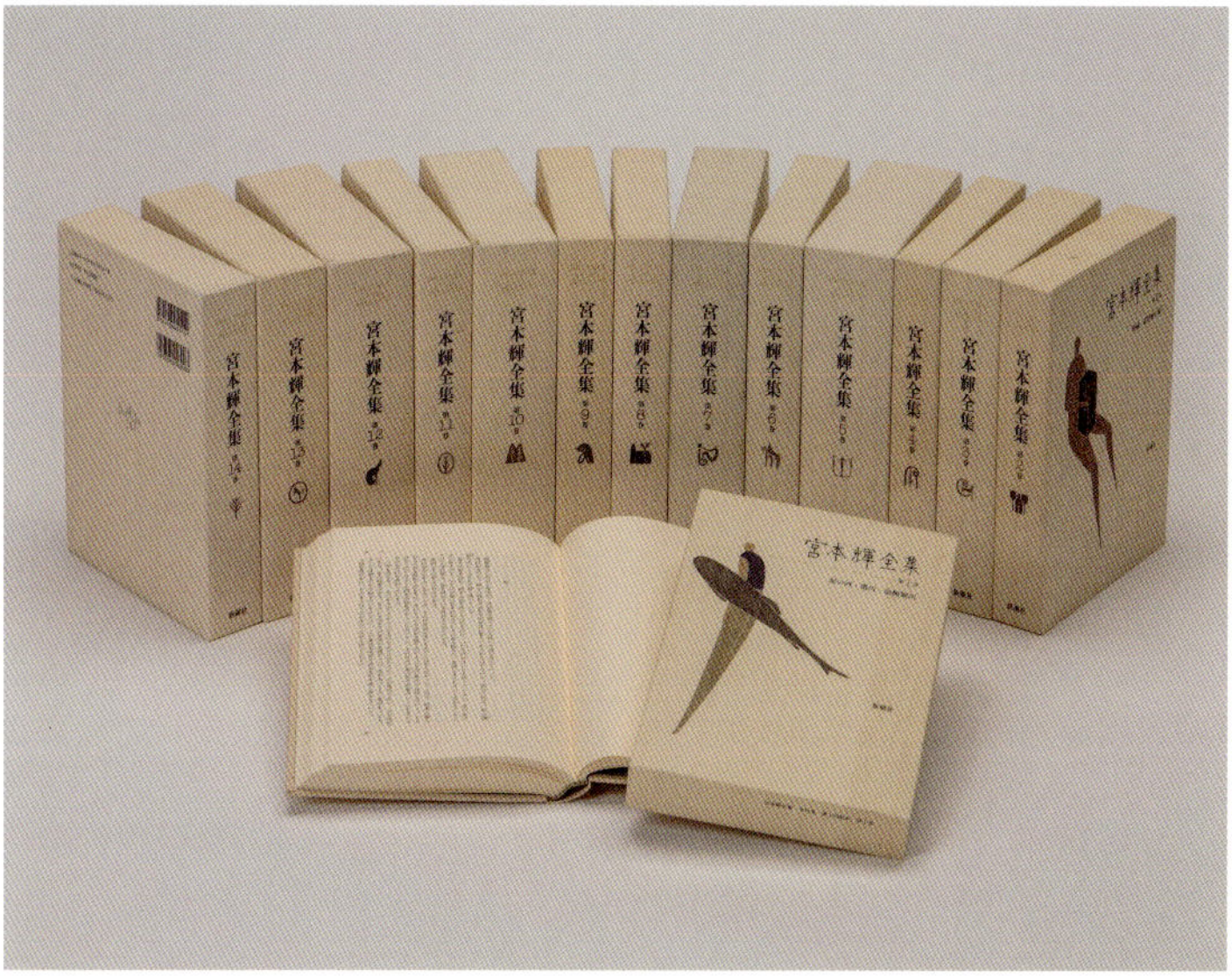

『宮本輝全集』全十四巻

平成四年（一九九二）〜五年（一九九三）　新潮社

第一巻　平成四年（一九九二）四月　「泥の河」「螢川」「道頓堀川」
第二巻　平成四年（一九九二）五月　「錦繍」「避暑地の猫」
第三巻　平成四年（一九九二）六月　「青が散る」
第四巻　平成四年（一九九二）七月　「春の夢」
第五巻　平成四年（一九九二）八月　「ドナウの旅人」
第六巻　平成四年（一九九二）九月　「夢見通りの人々」「葡萄と郷愁」
第七巻　平成四年（一九九二）十月　「優駿」
第八巻　平成四年（一九九二）十一月　「花の降る午後」
第九巻　平成四年（一九九二）十二月　「愉楽の園」
第十巻　平成五年（一九九三）一月　「海岸列車」
第十一巻　平成五年（一九九三）二月　「海辺の扉」
第十二巻　平成五年（一九九三）三月　「流転の海　第一部」「地の星　流転の海　第二部」
第十三巻　平成五年（一九九三）四月　「夜桜」「幻の光」「こうもり」「寝台車」「不良馬場」「火」「西瓜トラック」「星々の悲しみ」「蝶」「北病棟」「小旗」「眉墨」「トマトの話」「力」「五千回の生死」「復讐」「バケツの底」「紫頭巾」「昆明・円通寺街」「暑い道」「駅」「ホット・コーラ」「階段」「真夏の犬」「チョコレートを盗め」「力道山の弟」「赤ん坊はいつ来るか」「香炉」
第十四巻　平成五年（一九九三）五月　「二十歳の火影」「命の器」「異国の窓から」「年譜・著書目録」

アンソロジー

宮本輝によるアンソロジー

父《ちち》のことば

「宮本輝が選ぶ〝父〟をテーマにしたエッセイ」に寄せられた、五百数十篇の応募作の中から厳選された、父と子の真実のドラマ三十三篇を収録する。ただ見事と感嘆するしかない死を迎えた父、家族が思いつく理由もなく姿を消し、それきり現れなかった父、頑固な職人として生き、多くを語らず一生を終えた父、明るく剽軽《ひょうきん》で、いまも元気に働いている父など、十代から七十代までのそれぞれの「子」が、父親との大切な記憶を真摯に語る。

［単行本］ 2003年 光文社
［文庫版］ 2006年 光文社文庫

父《ちち》の目方《めかた》

『父のことば』（平成十五年（二〇〇三）光文社）に続く、〝父〟をテーマにしたエッセイ集の第二弾。「はじめに」では、宮本自身の父親とのエピソードが語られ、父親は子の人生に絶妙な陰翳を深く刻み込む存在だと述べられている。父親の本質を見抜く宮本の目によって厳選された三十五篇のエッセイは、どれも原稿用紙にしてわずか十枚程度の短いものだが、父親という存在の重み（「目方」）を伝えている。

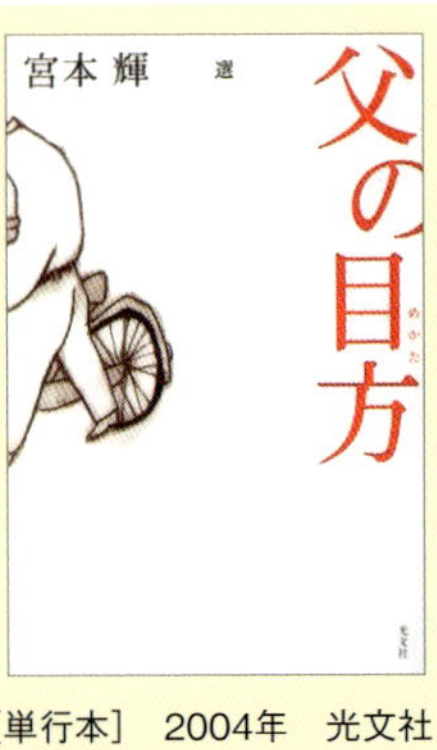

［単行本］ 2004年 光文社
［文庫版］ 2007年 光文社文庫

翻訳版リスト

（参考:宮本輝公式サイト「The Teru's Club」）

■韓国語
彗星物語　『사랑은혜성처럼』（김현희訳）　1993年　Koreaone Press
海岸列車（1・2）『해안열차』（김현희訳）　1994年　Koreaone Press
錦繍　『이별의시작』（김현희訳）　1995年　Koreaone Press
朝の歓び（1・2）　『아침의 환희』（송미숙訳）　1996年　Koreaone Press
人間の幸福　『인간의 행복』（최정수訳）　1996年　Koreaone Press
螢川　『반딧불 강』（허 호訳）　2006年　문학동네
私たちが好きだったこと『우리가 좋아했던 것』（양억관訳）　2007年　작가정신
青が散る　『파랑이 진다』（서혜영訳）　2010年　작가정신
道頓堀川　『도톤보리천』（김영철訳）　2010年　지식을만드는지식
幻の光　『환상의 빛』（송태욱訳）　2010年　서커스
幻の光　『환상의 빛』（송태욱訳）　2014年　바다출판사
錦繍　『금수』（송태욱訳）　2016年　바다출판사

■中国語／簡体字
泥の河　『泥水河』（王玉琢・陈喜儒訳）　1986年　江苏人民出版社
避暑地の猫　『避暑地的猫』（王玉琢訳）　1987年　海峡文艺出版社
春の夢　『春梦』（戴璨之・郭来舜訳）　1988年　中国文联出版公司
錦繍　『锦绣』（张秋明訳）　2008年　大众文艺出版社
月光の東　『月光之东』（张秋明訳）　2008年　大众文艺出版社
避暑地の猫　『避暑地的猫』（林皎碧訳）　2011年　新世界出版社
夢見通りの人々　『梦见街』（林皎碧訳）　2011年　新世界出版社
螢川・泥の河　『泥河 萤川』（袁美范訳）　2012年　上海译文出版社
春の夢　『春梦』（戴璨之・郭来舜訳）　2012年　上海文艺出版社
幻の光　『幻之光』（林青华訳）　2013年　上海文艺出版社

■中国語／繁体字
泥の河・螢川・道頓堀川　『河的星塵往事』（袁美範・許錫慶訳）　1996年　實學社出版
胸の香り　『胸之香味』（涂歆平訳）　1999年　麥田出版
月光の東　『月光之東』（黄文君訳）　1999年　麥田出版
錦繍　『錦繡』（張秋明訳）　2004年　麥田出版
流転の海(第一部)　『流轉之海』（邱振瑞訳）　2004年　麥田出版
地の星(流転の海　第二部)　『地上之星』（邱振瑞訳）　2005年　麥田出版
泥の河・螢川・道頓堀川　『泥河　螢川　道頓堀川』（袁美範・許錫慶訳）　2005年　遠流出版事業
血脈の火（流転の海　第三部）　『血脈之火』（邱振瑞訳）　2006年　麥田出版
天の夜曲（流転の海　第四部）　『天河夜曲』（邱振瑞訳）　2006年　麥田出版
夢見通りの人々　『夢見街』（林皎碧訳）　2006年　遠流出版
春の夢　『春之夢』（林皎碧訳）　2008年　遠流出版事業股份有限公司
錦繍　『錦繡』（張秋明・韋杰岱訳）　2009年　麥田出版
幻の光　『幻之光』（陳蕙慧訳）　2015年　青空文化有限公司
月光の東　『月光之東』（陳蕙慧訳）　2016年　青空文化有限公司

■英語
螢川　『River of fireflies』（Ralph F.McCarthy訳）　1991年　Kodansha
錦繍　『Kinshu:autumn brocade』（Roger K.Thomas訳）　2005年　New Directions
幻の光（短編集）『Phantom lights』（Roger K.Thomas訳）　2011年　Kurodahan Press
泥の河（短編集）『Rivers』（Roger K.Thomas・Ralph F.McCarthy訳）　2014年　Kurodahan Press

■ロシア語
真夏の犬　『Собаки в разгар лета:рассказы и повесть』（Zhantsanova, M. G.訳）　2000年　Издательская фирма "Восточная литература" РАН
錦繍　『Узорчатая парча』（Галины Дуткиной訳）　2005年　Гиперион

■フランス語
螢川　『La rivière aux lucioles:récits』（Philippe Deniau訳）　1991年　Philippe Picquier
夢見通りの人々　『Les gens de la rue des rêves』（Philippe Deniau訳）　1993年　Philippe Picquier
錦繍　『Le brocart:roman』（Maria Grey訳）　1994年　Philippe Picquier

■ルーマニア語
錦繍　『Brocart de toamnă』（Angela Hondru訳）　2009年　Humanitas Fiction

■ヘブライ語
錦繍『כהן ב' דורון דבר ואחרית מיפנית תרגום ; מִיַמוֹטוֹ רוּ』（Doron B.Cohen訳）　2010年　לאור הוצאה מודן

■ヴェトナム語
錦繍　『Sắc lá MOMIJI』　2007年　Nhà Xuất Bản Văn Học

■スペイン語
錦繍　『Kinshu:tapiz de otoño』（María Dolores Ábalos訳）　2011年　Ediciones Alfabia
夢見通りの人々　『Gente de La calle de los sueños』（Jesús Carlos Álvarez Crespo訳）　2013年　Ediciones Alfabia
螢川　『El río de las luciérnagas;Río de lodo』（Jesús Carlos Álvarez Crespo訳）　2015年　Ediciones Alfabia

わたしの好きな宮本輝作品 ―― 宮本輝新聞

特別展「宮本 輝――人間のあたたかさと、生きる勇気と。」開催に先んじて、宮本 輝作品の中から好きな作品を一点選び、百五十字以内でまとめていただく推薦文を、平成二十九年（二〇一七）八月七日～八月三十一日の期間で公募しました。厳正なる選考の結果、受賞作を以下に紹介します。多数のご応募、誠にありがとうございました。

【優秀賞　2作品】

「錦繍」

上原　桂（東大阪市）

30回以上読んだ。読むたびに、大きな安心感に包まれる。『生命の不思議なからくり』に気づけば、どんな悩みも自身の糧にできる！と、力が湧いてくるのだ。人生に苦難はつきもの。しかし、苦難を幸せの糧にかえる方途を示してくれる小説に出逢えた私に、こわいものはない。亜紀が、令子が、今日も私の背中を押してくれる。

「螢川」

大谷賢一（富山市）

宮本輝作品との出会いは映画「螢川」である。「四月に大雪が降った年は桜が一際美しく咲き、蛍の大群が発生する」との語り伝えを元に、思春期の少年の見た親の生き様、初恋と友情を描き、「蛍が降るがや」で表現した壮大なシーンは忘れられない。愛する富山の美しい四季が「雪・桜・蛍」により見事に表現された作品である。

【準優秀賞　3作品】

「避暑地の猫」

山下千恵子（板橋区）

ここ数年、夏になると読みたくなる作品。20数年前に初読した時には、自分とは縁のない世界のように思え、読み返すことはなかった。軽井沢の四季、甘い恋の逢瀬、反して不気味な地下室の存在、主人公を惑わす霧、自分の中の光と闇を自覚するようになった今、人間を不幸へ誘うものの怪しい美しさに慄然とするのである。

「ひとたびはポプラに臥す」

家城良枝（富山市）

本書が新聞に連載された頃、祖

父は入院中でした。付き添う母に、新聞の朗読を頼んだ事を知り、本書に興味を持ちました。鳩摩羅什の本懐とは何か、筆者が命をかけて、伝えて下さったメッセージを受けとりました。世界に未知なるものが溢れている、そう実感し、海軍の祖父も、本書の写真や地図に戦争の虚しさを、重ねたのではないだろうか。

「春の夢」　西郷静香（砺波市）

内臓を貫かれ柱に釘づけのまま生きつづけた蜥蜴。この蜥蜴に不安を洩らしたり、悩みをぶつけたり、夢や希望も話しながらふりかかった影から光へはい上がろうとする主人公の姿を語った小説である。「蜥蜴を貫く釘」は、私達が各自生涯のうちに背追う「環境」と読み取った。「その釘」に負けない、生きる力、前を向く姿勢を表していると考えた。

【入賞　20作品】

「泥の河」　東　丈雄（高岡市）

戦後を感じさせる色の無い空気の中で体感した時間こそが少年の人生に青白い炎の輝きを残したのかもしれない。作品の中で主人公が体感する、格差、偏見、それに囚われない子供の寛容さ、残酷さ、年上の女性への憧れ。そして、去っていく親子の行く末を暗示する「付きまとう影」が残す余韻。色の無い世界で「青い炎」が際立つ。

「泥の河」　向田初江（富山市）

戦後日本が立ち直ろうとする頃、大阪の海に近い川筋に親子三人で暮らす一家、雑多な社会の中で一家を中心とした人間模様、人情厚い、しかし他人の生活を乱したり、踏み込んだりしない。辛い境遇の人を蔑む事なく何げなく付き合う。戦争を生き延びた人々の明日へのエネルギー、又あの頃の日本の良さを彷彿とさせる。

「泥の河」　吉田誠夫（砺波市）

今はもう30代後半の教え子に出会った。誠実に働く姿に懐かしさを憶え、宮本輝作品の「泥の河」を思い出した。彼らが5年生の時に、映画「泥の河」を教材にして道徳の研究授業を行った。二人の少年の友情と思いやりを皆で話し合った祭りの場面。文章が綺麗で、温かい情景が浮かび上がり、味わい深くて一番好きな作品である。

「螢川」　國分克郎（富山市）

滅びゆくものの詩《うた》が、バックボーンに流れている。雪も春が訪れると、消えてゆく。城址公園の桜も、美しい程、壮絶に散ってゆく。蝶も夏の終わりに、何処へ行くのだろう。荷車も、馬車も、時の狭間に、消えて行った。家の横の小川も、コンクリートの用水に変わり、螢は来なくなった。富山を舞台に、滅亡と再生の物語だ。

「螢川」　平谷美咲子（富山市）

32年前の春、小さな図書館。「螢川」は本棚の一角でオーラを放っていた。昭和30年代の郷愁に浸り、人の情けに涙した。更に、ひとつひとつの風景が美しい絵画のように目の前に広がった。一気に読み上げた。心の中を爽やかな風が吹き抜けた。そして温かくなった。私は宮本文学を崇拝し、「螢川」を愛し続けている。

「星々の悲しみ」

寺田憲治（伊丹市）

これ程「生きる」ということの意味を深く考えさせられる作品もなかなか無いだろう。主人公の心の葛藤を巧みに描写し読者に「わかりやすさ」こそが文学であると教えてくれる。宮本輝短篇集の中でこれが一番好きだ。懐かしい風景のようにやさしく余韻がふつふつといつまでも残る作品で、とにかく最高です！

「錦繍」

本田奈緒美（世田谷区）

忘れたいのに忘れられない。消したいのに消えない。時には軽くなってはくれるが、すぐさま重く伸し掛かる。そんな過去にどう落とし前をつければいい？何度も読み返した。愚痴と嫉妬で雁字搦めの心に『錦繍』は聖書となる。亜紀に自分を重ねる。私だけじゃなかったのだとホッとする。その光を頼りに、また……

「青が散る」

佐藤隆史（富山市）

昔、この本を読んで後悔した。社会人3年目でこの本を読み「浪人時代や学生時代にこの本を読みたかった」と思った。そうすれば、もっと充実した学生生活を過ごせたのではないかと。でも今は「この本に出会えて良かった、あの頃に読んでいて良かった」と思う。この本は読み返すと、いつでも二十代に戻る、そんな本だと思う。

「流転の海」

桐村浩子（豊中市）

この先の人生が決して若々しくは続かないであろう50歳にして、父となった熊吾。剛腕で商才長けるも意に抗えなかった戦争。ゼロから這い上がって行く姿。満ちた慈愛で子を育てる。余力を保ちながらいざという時大きな力を発揮し、全ての者を幸せの方向に導いて行く。読みながら熊吾の生贄になってすっかり陶酔している。

「春の夢」

神初みづえ（高岡市）

「青春」という言葉を改めて実感しました。主人公哲之の言動はまっすぐで危なっかしく、まさに「青い」です。はらはらすると同時に、充実した青春時代を送る哲之が羨ましく、応援したくなりました。物語の象徴のような存在である蜥蜴の描写はリアルで緊張感がありますが、爽やかなラストにほっとしました。

「春の夢」

菅澤良智（滑川市）

今から三十一年前、二十歳の時から読んでいます。主人公の内面、ささいな事で全て投げ出したくなったり、どん底の状況から勇気が湧きあがるさまに、共感し、励まされてきました。「自分の身の中に地獄と浄土を持ってるんや」という言葉が好きです。この本は私の人生を、ひとつの灯明となり照らしてくれました。

「焚火の終わり」

松岡　心（富山市）

兄妹だと、聞かされた少女と少年の好きな遊びは焚火だった。揺れる炎に寄り添い、やがて恋めいた感情を抱くようになる。道徳と倫理と分別に、二人の心は迷路に入り袋小路に留まり、そして結ばれる。命と命が重なり、心が溶けあい、熱く強く生きて行く二人。その思いは、私の中に余韻となって残っています。

「ひとたびはポプラに臥す」

川端明美（高岡市）

ようやくフンザに着いた。宮本氏の鳩摩羅什の気持ちを想像しながらの紀行である。過酷な行程の温度、音、色、においともに何を幸福と感じて生きるのかということについてのつぶやきが伝わってきて心地よい。また、同行者や出会った人々への穏やかなかかわりが素敵だ。フンザの夜とミルクティの幸福が余韻として残る。

「草原の椅子」

川村ひとえ（富山市）

人と人との関係や、自らの人生に決まりはない、自由に羽ばたいてもいいのだと勇気をいただきました。「ほんとに行きたかったら、誰の助けがなくても行くさ。何を捨てても行くさ」という主人公の言葉で、私も人生の冒険に出ました。すると、人生の醍醐味がちゃんと用意されるのだと知りました。

「天の夜曲」

中田隆雄（富山市）

父は早々に富山を去ったが、残された妻と子は一年間富山市で過ごす。この富山を舞台とした記述には、「螢川」にない重みがある。また、宮本作品は「人の幸福」を問い続けているが、本書にはその課題が凝縮されている。とくに、二度に亘る父と子のサイクリングの描写には、限りないほのぼのとしたものを感じる。

「骸骨ビルの庭」

清原保子（富山市）

この作品は大阪十三が舞台で、戦争孤児たちの養育に、無償の行為に取り組んだ青年二人の物語である。宮本作品は、人が殺され、ビルのどこかから、骸骨が発見された等と言った物騒な話ではありません。様々の登場人物が時折り語る人生の機微に触れることが出来ます。「うむ・なる程」と納得し、穏やかな気持ちになれます。

「三十光年の星たち」

山本康典（茅ヶ崎市）

6年前の東日本大震災発生の翌日に初版が発行されたこの作品は、現代社会に警鐘を鳴らす象徴的な作品だ。人を育てることや本物の自然を守ることに寛容と長期の視点に立った眼差しが大切であることを教えている。人も自然も30年先、千年先に本当の力を発揮する。震災に負けない千年の森づくり「潜在自然植生」も希望の智慧だ。

「水のかたち」

澁谷　恵（高岡市）

主婦の平凡な日常が、「水」のように自然に壮大に流れ展開していく様に引きこまれました。盛りこまれた実話とともにあとがきにあった「善き人たちのつながりによって生じたとしか思えない幸福や幸運の連鎖」という一文が作品のすべてと思います。深く感動し、穏やかな心持ちになる一冊です。

「いのちの姿」

中村由紀子（伏見区）

氏のエッセイは一編の物語であり、哲学書であり、手紙のようでもある。どうしようもなく立ちすくんでしまう時、寄り添って励ましてくれるのは作品に描かれる美しい命の姿だ。地位や才能、立場等の違いを超えて在る一人一人、一つ一つの命の営みが胸をしめつけるように私を揺さぶる時、それでいいと思えてくるのです。

「田園発　港行き自転車」

大塚美智江（富山市）

小さな入善漁港から自転車を通して、父の足跡を辿る娘に、縁という不思議な糸が、命を通して動き始める。ありえないような偶然をもたらし、深い神秘に翻弄されていく。私は突然夫に湖から救いあげられたご縁で大家族の家督を守ることになる。どん底の暮らしは、不思議な人たちが私に寄り添ってくれ、深い運命を感じた。

特別付録

「手紙」

宮本 輝

タケオは、おじいちゃんのことが苦手だった。おじいちゃんは、いつも、あまり笑わなくて、タケオが何時間もテレビを見ていると、

「こんなつまらないものばかり見てると、かしこくなれないぞ。」

そうおこったように言う。

タケオが、きらいな食べ物を残すと、

「今の子どもはぜいたくだ。豊かになりすぎて、平気で食べ物を残したり、すてたりする。」

と言う。

だから、タケオは、おじいちゃんが、きっと自分のことをきらいなんだと思っていた。

おじいちゃんは、六十才のとき、定年で会社づとめをやめ、そのあと、家の近くのスーパーマーケットのちゅう車場で働くようになった。

「体が元気な間は、人間は働かねばならん。学ぶこと、働くこと、それをわすれてはいけない。」

それが、おじいちゃんの口ぐせだった。その言い方も、なんだかこわくて、タケオは自分がおこられているような気がした。

夏休みに入って、もうすぐ一か月ほどたとうかという夜、タケオは、ふろからあがり、台所ですいかを切っているお母さんのところに行った。

「おじいちゃんに持っていってあげてね。」

お母さんは、そう言って、すいかの一切れをおぼんにのせた。

「ぼくが持っていくの？」

タケオは、妹のミカが持っていけばいいのにと思ったが、妹はかぜをひいて熱があり、さっき薬を飲んでねたばかりだった。

おじいちゃんは、夕ご飯を食べると、二階の自分の部屋で本を読むのが習慣だった。

タケオは、しかたなく、すいかをのせたおぼんを持って階だんを上った。

いつも、おじいちゃんは、本を読むとき、部屋のふすまをしめているのだが、なぜか、その日は、ふすまが半分ほど開いていて、タケオが、あと三だんほどで階だんを上りきるというとき、部屋にすわっているおじいちゃんのすがたが見えた。

タケオは、

「おじいちゃん、すいかだよ。」

と言いかけ、おどろいて、階だんのとちゅうで立ち止まった。

おじいちゃんは、タケオに背を向けてすわったまま、何かを読みながら、小さくかたをふるわせていた。

おじいちゃんが泣いている……。タケオは、そんなおじいちゃんを見るのは初めてだったので、どうしたらいいのかわからず、そのまま、両手でおぼんを持ったまま、おじいちゃんの後ろすがたを見ていた。

すると、おじいちゃんがふり向いた。おじいちゃんも、階だんの所に孫のタケオが立っているのにおどろいた様子で、

「なんだ、そんな所で、何してるんだ?」

と聞いて、自分の顔をかくすようにまどの方を向いた。

「すいかだよ。」

と、タケオは言い、階だんを上って、おじいちゃんの部屋の前に立った。

そのまま、すいかを置いて、階だんを下りてもよかったのに、タケオは、なぜか部屋に入り、

「泣いてるの?」

と聞きながら、おじいちゃんが手に持っている物をそっとのぞきこんだ。

それは、手紙だった。

おじいちゃんは、まどの外に目をやったまま、

「男が泣いたりなんかするもんか。」

と言った。

泣いているのを見られて、照れくさかったのだなと思い、タケオは、もう一度、

「すいかだよ。」

と言って、おぼんをおじいちゃんの横に置き、部屋から出て、階だんを下りかけた。

「タケオは、すいかを食べたのか?」

と、おじいちゃんは聞いた。

「まだだよ。」

「じゃあ、いっしょに食べよう。自分のすいかを持っといで。」

また何かしかられるのかと思いながら、タケオは台所へ行き、自分のすいかを皿にのせて、おじいちゃんの部屋にもどった。

「今日は八月十五日だ。終戦記念日だ。」

おじいちゃんは、手に持った手紙に目をやったまま言った。

「終戦記念日ってのは、戦争が終わった日のことなんだ。おじいちゃんは、日本が第二次世界大戦を終えた日、九州の病院にいたんだ。兵隊として中国の南部にいたんだけど、大砲のたまのかけらがかたに当たって大けがをして、中国から、小倉の陸軍病院に送り帰されたんだ。それから三か月後に、戦争が終わった。」

大けがをして、中国から日本へ送り帰されることが決まった日、同じ戦場にいた友達が、ないしょで、手紙をおじいちゃんに預け、

「もし、ぼくが生きて帰れなかったら、この手紙をぼくの両親にわたしてくれよ。」

と言ったそうだった。

戦場から、家族や友達に出す手紙は、すべて、どんなことが書いてあるのかを調べられるのだと、おじいちゃんはタケオに説明してくれた。

「戦争に反対するようなこととか、いくじのないことを書いてある手紙は、取り上げられてしまうから、兵隊たちは、手紙には、本当のことは書けないんだ。」

その友達は、自分が生きて帰れないだろうと予感して、ありのままのことを書いた手紙、おじいちゃんにそっと預けたのだった。

もし、いろんな事情できみの両親にわたせなかったら、どうしたらいいのかと、おじいちゃんが、その友達に聞くと、

「そのときは、きみが読んでからすててくれ。」

友達は、そう言ったそうだった。

「いろんな事情って、どんなこと?」

と、タケオは聞いた。

例えば、自分のけがが治らなくて、このまま死んでしまったり、友達の両親と会えないまま、何年もたってしまったりしたときだと、おじいちゃんは言った。

「終戦の日の九日前、八月六日に、広島に原子ばくだんが落とされて、二十万人以上もの人が死んだ。その友達の両親は、原ばくが落ちた所の近くに住んでたんだよ。」

おじいちゃんは、また、顔をまどの方に向けた。どこかで、虫の鳴き声が聞こえた。

戦争が終わって、おじいちゃんは、その友達が中国の南部で戦死したことを知った。

「わしは、けがが治ってから、手紙をわたすために、広島へ行って、友達の両親をさがした。だけど、二人とも、やっぱり原ばくで死んでしまってたんだ。」

おじいちゃんは、友達の手紙を読んだが、すててしまうことができないまま、たいせつにしまってきたのだった。

「どうして、すててしまわなかったの？」

と、タケオは聞いた。

おじいちゃんは、タケオの顔を見つめ、

「戦争が、どんなにたくさんの人たちを不幸にするかをわすれないためだよ。」

と言い、タケオがわかりやすい言葉に直して、その手紙を読んでくれた。


――お父さん、お母さん、お元気ですか。日本人が、今、どんなくらしをしているのか、ぼくにはわかりませんが、お米も、野菜も魚も手に入れにくくて、苦しい生活をしているのではないかと心配しています。

ぼくは、中国南部の、名前もわからない小さな村の近くにいます。


きのうは、ぼくと同じ年の兵隊が、四人死にました。みんな、心のやさしい、いいやつでした。

夜、ぼくたちは、けがをした仲間の手当てをしましたが、薬も包帯もなく、ただ死んでいくのを見ているしかありませんでした。

なぜ、戦争なんかが起こるのでしょう。だれも、戦争なんかしたくないのに、なぜ殺し合ったりするのでしょう。

きのう、ぼくがうったたまで、何人の中国の人が死んだのか、ぼくにはわかりません。

その中国の人たちも、みんな、未来への夢があり、父や母や兄姉がいて、愛する人や友達がいたことでしょう。

もし、戦争がなければ、ぼくたちも中国の人たちも、勉強をしたり、仕事をしたり、平和な生活のなかで、家族を愛し続けることができたのです。

ぼくは、今日から、鉄ぽうを空に向けてうつことにしました。ぼくのうったたまが、だれにも当たらないように。

このごろ、しょっちゅう、自分が小学生だったときのことを思い出します。

お父さんとお母さんに、海水浴に連れていってもらった日の、太陽の光や海の青さ。

夜のはまべで見たたくさんの星。静かな波の音。

お父さんに平泳ぎを教えてもらったこと。お母さんが楽しそうに笑っていたこと……。

あのときいっしょに行った、いとこのケンタちゃんも、今度の戦争で、フィリピンで戦死しましたね。

ぼくは医者になるのが夢で、ケンタちゃんは学校の先生になるのが夢でした。

でも、戦争が、ぼくたちの夢のすべてをうばい、命までもうばっていくのです。

十日前までは、ぼくたちの一日の食料は、てのひらにいっぱいの米でした。

それもなくなってしまい、今は、一日に五切れのいもだけです。もう十日もすれば、何も食べる物はなくなります。ぼくは、もし、生きて日本に帰れたら、また大学で勉強し、多くの人の病気を治す医者になりたいと思っています。

しかし、そんなぼくの夢は、きっとかなわないでしょう。ぼくも、あしたか、あさってには、たまに当たって死ぬかもしれません。たまに当たらなくても、食べる物がなくなって、死んでしまうにちがいありません。

ぼくは、お父さんとお母さんに、この手紙で最後のお別れをします。

ぼくをたいせつに育ててくれて、ありがとうございました。ぼくがいなくなっても、どうか、いつまでも仲よく、元気でいてください。――

おじいちゃんは、手紙を読み終えると、それをふうとうにしまった。

「すいかを食べよう。」

そう言ったくせに、おじいちゃんは、まどの所につってあるふうりんを、いつまでも見つめ続けた。

やがて、

「この手紙、タケオにあげよう。タケオがたいせつにしまっておきなさい。」

と、おじいちゃんは言って、茶色に変色してしまった古い手紙を、タケオのてのひらにのせてから、すいかを食べ始めた。

「お父さんは、まだ帰らないのか？」

「今日は、仕事でおそくなるって、電話があったよ。」

タケオは、自分のてのひらにのっている古い手紙を見つめ続けた。そして、このまま、いつまでも、おじいちゃんのそばにすわっていたいなと思った。

『小学国語　５上』（一九九五年　大阪書籍）より再録

元号	西暦	年齢	ことがら
昭和22年	1947	0	3月6日、兵庫県神戸市灘区弓木町に、自動車部品を扱う事業経営者である父・宮本熊市と、母・雪恵の長男として誕生。本名、宮本正仁。
昭和25年	1950	3	4月、父親の郷里、愛媛県南宇和郡一本松村に隣接する同郡城辺町に転居。
昭和27年	1952	5	3月、大阪市北区中之島に転居。4月、西区九条の幼稚園に入園するが、半年で退園。
昭和28年	1953	6	4月、大阪市立曾根崎小学校に入学。
昭和29年	1954	7	老人性痴呆症だった祖母・ふさ（82歳）が失踪。消息不明のまま葬儀を行う。大型台風の被害で、父親の事業が大打撃を受ける。
昭和31年	1956	9	4月、父親の事業のため、富山市豊川町に転居。富山市立八人町小学校に転入。夏、父親が単身で帰阪。母親と二人で富山市大泉本町に転居。
昭和32年	1957	10	3月、父親の事業の失敗にともない帰阪。4月、尼崎市立難波小学校に転入。兵庫県尼崎市に住む父親の妹のもとに預けられ、親子別々の生活になる。
昭和33年	1958	11	6月、大阪市福島区上福島に転居。両親との生活を再開する。
昭和34年	1959	12	4月、関西大倉中学校に入学。貧困の上、父親の女性問題、母親のアルコール依存症などのため、現実逃避の手段として押入れの中での読書が始まる。このときに読んだ、井上靖「あすなろ物語」の感動が読書熱に火をつける。
昭和37年	1962	15	3月、関西大倉中学校を卒業。翌月、関西大倉高校普通科に入学。父親が自動車修理と板金塗装を専門とする工場の経営を始める。この頃、山本周五郎「青べか物語」、ファーブル「昆虫記」、コンラッド「青春」などに大きな影響を受ける。
昭和40年	1965	18	3月、関西大倉高校普通科卒業。大学受験に失敗、浪人生活に入る。受験勉強はせず、中之島の大阪府立図書館に通い、読書に耽る。
昭和41年	1966	19	4月、追手門学院大学文学部に入学。体育会テニス部に入部。
昭和42年	1967	20	同大学に入学してきた大山妙子と出会う。
昭和44年	1969	22	4月、父、熊市死去（享年70歳）。父親の残した多大な借金の取り立てから逃げるように、母親とともに大阪府大東市泉町に転居。この頃、経済的な事情でアルバイトにつぐアルバイトで学生生活を続ける。
昭和45年	1970	23	3月、追手門学院大学文学部卒業。この大学生活が後に「青が散る」となる。4月、サンケイ広告社に入社。コピーライターとして企画制作部に配属される。この頃、競馬に熱中する。
昭和47年	1972	25	強度の不安神経症にかかる。以後毎日発作に苦しむ。通勤にも困難をきたし数カ月休職。9月、大山妙子と結婚。伊丹市御願塚にて、母親と3人での生活が始まる。
昭和49年	1974	27	5月、長男、陽平誕生。この頃初めて小説を書く。タイのバンコクを舞台に「無限の羽根」（後に「弾道」と改題）を書く。後の「愉楽の園」の原型となる。
昭和50年	1975	28	8月、サンケイ広告社を退社。以後、本格的に自宅で小説を書き出す。10月、次男、大介誕生。この頃、同人誌「わが仲間」主宰者の池上義一と出会う。「あなたは天才かもしれない」という励ましが原動力となり精力的に作品を書く。

元号	西暦	年齢	ことがら	発表作品など
昭和51年	1976	29	建設金物業の和泉商会に再就職するも2ヵ月で退社。この頃書いた「舟の家」を「泥の河」と改題し、太宰治賞に応募する。	
昭和52年	1977	30	池上義一が経営する、美容理容業界向けのPR誌の製作販売会社BBCに入社。「泥の河」で第13回太宰治賞を受賞。	7月、「泥の河」(「文芸展望」18号) 10月、「螢川」(「文芸展望」19号)
昭和53年	1978	31	1月、「螢川」で第78回芥川龍之介賞受賞。 10月、友人と東北旅行へ行き、出先で喀血する。このときの旅行が後に「錦繍」になる。	4月、「道頓堀川」(「文芸展望」21号) 9月、「青が散る」連載開始(「別冊文藝春秋」秋・145号から1982年秋・161号まで)
昭和54年	1979	32	1月、肺結核で入院。退院後、自宅療養に入る。 10月、伊丹市中野北に転居。	7月、『幻の光』(新潮社)
昭和55年	1980	33	知人の紹介で軽井沢に貸別荘を借りる。母親が胃癌の手術を受ける。このことが、後に「眉墨」となる。以後、毎年夏は仕事場を軽井沢に移す。	4月、『二十歳の火影』(講談社)
昭和56年	1981	34	5月、「泥の河」が小栗康平監督により映画化。モスクワ国際映画祭で銀賞を受賞する。	4月、『星々の悲しみ』(文藝春秋) 12月、「錦繍」(「新潮」12月号)
昭和57年	1982	35	6月、「道頓堀川」が深作欣二監督により映画化。 10月、朝日新聞連載小説の取材のため、東西ヨーロッパから黒海までドナウ流域を下る6ヶ国(西ドイツ、オーストリア、ユーゴスラビア、ハンガリー、ブルガリア、ルーマニア)へ取材旅行。この旅行が後に「ドナウの旅人」となる。	1月、「流転の海　第一部」連載開始(「海燕」創刊号。1984年4月号まで) 同月、「棲息」連載開始(「文學界」1984年6月号まで。単行本化に際して「春の夢」と改題) 4月、「優駿」連載開始(「小説新潮スペシャル」春号。連載第2回以降は「新潮」に掲載。1986年8月号まで) 9月、「時計屋の息子」(連作小説集「夢見通りの人々」の初篇)(「小説新潮」1985年11月号まで)
昭和58年	1983	36	アメリカンビーグルの子犬が来る。〝マック〟と命名。 5月、ギリシャへ取材旅行。後に「海辺の扉」となる。 9月、日中文化交流協会の日本作家代表団として中国を訪問。 11月、野性時代新人文学賞の選考委員となる。(1985年まで)	10月、「避暑地の猫」連載開始(「IN★POCKET」1984年11月号まで) 同月、『命の器』(講談社) 11月、「ドナウの旅人」連載開始(「朝日新聞」1985年5月まで)
昭和59年	1984	37	春、ハンガリーのブダペストで通訳をした青年、セルダヘイ・イシュトヴァーンが留学のため来日。以後3年間、日本での保護者となる。彼との生活が、後に「彗星物語」となる。	6月、「異国の窓から」連載開始(「CLASSY」1987年8月号まで) 11月、『道行く人たちと』(文藝春秋)
昭和60年	1985	38		5月、「葡萄と郷愁」連載開始(「JJ」1986年5月号まで) 7月、「花の降る午後」連載開始(「新潟日報」夕刊ほか。1986年2月まで)

昭和61年	1986	39	2月、文藝春秋連載小説のため、タイへ取材旅行。後に「愉楽の園」となる。 10月、ドイツ、ハンガリー、オーストリアへ取材旅行。 10月、日中文化交流協会の日本作家代表団として2度目の中国訪問。	5月、「愉楽の園」連載開始（「文藝春秋」1988年3月号まで） 同月、「来世への階段」連載開始（「月刊カドカワ」1990年4月号まで。単行本化に際して「海辺の扉」と改題） 9月、『メイン・テーマ』（潮出版社）
昭和62年	1987	40	2月、「螢川」が須川栄三監督により映画化。 4月、「優駿」で第21回吉川英治文学賞を受賞。 6月、タイを再訪。	6月、『五千回の生死』（新潮社） 9月、「オレンジの壺」連載開始（「CLASSY」1992年3月号まで）
昭和63年	1988	41	三島由紀夫賞の選考委員となる。（2007年まで） 7月、「優駿」が杉田成道監督により映画化。 9月、東ドイツ、ポルトガル、スペイン、トルコ取材旅行。このポルトガル取材が後に「ここに地終わり海始まる」となる。	1月、「海岸列車」連載開始（「毎日新聞」1989年2月まで）
平成元年	1989	42	3月、エジプト旅行。 8月、「夢見通りの人々」が森崎東監督により映画化。 10月、「花の降る午後」が大森一樹監督により映画化。	1月、「彗星物語」連載開始（「家の光」1992年1月号まで）
平成2年	1990	43	11月、「流転の海」が齋藤武市監督により映画化。 12月、井上靖と対談。（翌年1月、井上氏逝去）	1月、「地の星」（流転の海　第二部）連載開始（「新潮」1992年9月号まで） 同月、「本をつんだ小舟」連載開始（「THE GOLD」1992年11月号まで） 3月、「ここに地終わり　海始まる」連載開始（「福島民友」ほか。同年11月まで） 同月、『真夏の犬』（文藝春秋）
平成3年	1991	44	9月、アラスカ取材旅行。写真家の故・星野道夫とデナリを旅する。 10月、母・雪恵、死去（享年79歳）。	
平成4年	1992	45	4月、『宮本輝全集』（新潮社）刊行開始（翌年完結）。すばる文学賞の選考委員となる。（1996年まで） 北日本文学賞選考委員に就任。（継続中） 6月、アラスカ再訪。	9月、「私たちが好きだったこと」連載開始（「小説新潮」1995年8月号まで） 同月、「朝の歓び」連載開始（「日本経済新聞」1993年10月まで） 10月、「焚火の終わり」連載開始（「すばる」1996年10月号まで）
平成5年	1993	46	4月、韓国を訪問。	1月、「血脈の火」（流転の海　第三部）連載開始（「新潮」1996年2月号まで）

元号	西暦	年齢	ことがら	発表作品など
平成6年	１９９４	47	7月、アラスカへ3度目の取材旅行。	5月、「人間の幸福」連載開始（「産経新聞」夕刊 １９９５年1月まで）
平成7年	１９９５	48	1月17日、阪神淡路大震災で自宅が壊滅。 5月、シルクロード取材旅行。中国からパキスタンまで６７００㎞横断（約40日）。この取材が後に『ひとたびはポプラに臥す』（全6巻）となる。 9月、「幻の光」が是枝裕和監督により映画化。ヴェネチア国際映画祭で、金のオゼッラ賞ほかを受賞。	1月、「月光の東」連載開始（「中央公論」１９９７年11月号まで） 6月、『生きものたちの部屋』（新潮社） 7月、「森のなかの海」連載開始（「「VERY」２００１年3月号まで） 10月、「ひとたびはポプラに臥す」連載開始（「北日本新聞」１９９９年11月まで）
平成8年	１９９６	49	芥川龍之介賞の選考委員となる。（継続中） 4月、伊丹市梅ノ木に転居。	6月、『胸の香り』（文藝春秋）
平成9年	１９９７	50	9月、「私たちが好きだったこと」が松岡錠司監督により映画化。	1月、「睡蓮の長いまどろみ」連載開始（「文學界」２０００年7月号まで） 12月、「草原の椅子」連載開始（「毎日新聞」１９９８年12月まで）
平成10年	１９９８	51	9月、愛犬〝マック〟死去（享年18歳）。 セルダヘイ・イシュトバーン、駐日ハンガリー特命全権大使として日本に赴任。	2月、「星宿海への道」連載開始（「星星峡」２００２年4月号まで） 10月、初のアンソロジー『わかれの船』（光文社）
平成11年	１９９９	52	『ひとたびはポプラに臥す』完結記念講演会（富山市）。	4月、「天の夜曲」（流転の海　第四部）連載開始（「新潮臨時増刊号」。「新潮」２００２年4月号まで）
平成12年	２０００	53		10月、「約束の冬」連載開始（「産経新聞」２００１年10月まで）
平成13年	２００１	54		12月、『血の騒ぎを聴け』（新潮社）
平成14年	２００２	55	「ウーマンズ・ビート」大賞選考委員に就任。（２００４年まで）	
平成15年	２００３	56	2月、台湾へ取材旅行。体調を崩し、約1年間休養。	5月、『父のことば』（光文社）
平成16年	２００４	57	3月、「約束の冬」で第54回芸術選奨文部科学大臣賞文学部門を受賞。	5月、「にぎやかな天地」連載開始（「読売新聞」２００５年7月まで） 同月、『父の目方』（光文社） 6月、「花の回廊」（流転の海　第五部）連載開始（「新潮」２００７年4月号まで） 12月、アンソロジー『魂がふるえるとき—心に残る物語　日本文学秀作選』（文藝春秋）
平成17年	２００５	58	5月、追手門学院大学附属図書館に「宮本輝ミュージアム」開設。	

平成18年	２００６	59	三好達治賞選考委員に就任。（２００８年第3回まで） 5月、追手門学院大学にて、大学創立40周年と「宮本輝ミュージアム」開設1周年を記念して小栗康平監督と対談。	4月、「三千枚の金貨」連載開始（「BRIO」２００９年8月号まで） 6月、「骸骨ビルの庭」連載開始（「群像」２００９年2月号まで）
平成19年	２００７	60	7月、「錦繍」がジョン・ケアードの演出で舞台化。	2月、『はじめての文学　宮本輝』（文藝春秋） 10月、「水のかたち」連載開始（「éclat」２０１２年7月号まで） 11月、『宮本輝全短篇』（上下）（集英社）
平成20年	２００８	61	1月、NHK教育テレビ「知るを楽しむ―人生の歩き方」（全4回放送） 10月、日本作家訪中団の団長として、中国を再訪。	
平成21年	２００９	62	11月、「錦繍」がジョン・ケアードの演出で舞台再演。	7月、「慈雨の音」（流転の海　第六部）連載開始（「新潮」２０１１年6月号まで）
平成22年	２０１０	63	2月、「骸骨ビルの庭」で第13回司馬遼太郎賞受賞。 11月、秋の褒章で紫綬褒章受章。	1月、「三十光年の星たち」連載開始（「毎日新聞」２０１０年12月まで）
平成23年	２０１１	64	6月、「骸骨ビルの庭」が舞台化。	12月、『真夜中の手紙』（新潮社）
平成24年	２０１２	65		1月、「満月の道」（流転の海　第七部）連載開始（「新潮」２０１３年12月号まで） 同月、「田園発　港行き自転車」連載開始（「北日本新聞」２０１４年11月まで）
平成25年	２０１３	66	2月、「草原の椅子」が成島出監督により映画化。	
平成26年	２０１４	67	11月、北日本新聞文化賞受賞。	6月、「長流の畔」（流転の海　第八部）連載開始（「新潮」２０１６年4月号まで） 12月、『いのちの姿』（集英社）
平成27年	２０１５	68	渡辺淳一文学賞選考委員に就任。（継続中）	3月、「草花たちの静かな誓い」連載開始（「四国新聞」ほか。２０１５年12月まで） 4月、「潮音」連載開始（「文學界」） 10月、『人生の道しるべ』（集英社）
平成28年	２０１６	69	5月、追手門学院名誉フェロー授与。	2月、宮本輝選『北日本文学賞作品集』（北日本新聞社） 10月、「野の春」（流転の海　第九部）連載開始（「新潮」）
平成29年	２０１７	70	10月14日、高志の国文学館にて開館5周年記念特別展「宮本 輝―人間のあたたかさと、生きる勇気と。」開幕。	

注　今回の企画展のための資料調査をふまえて、高志の国文学館が新たに作成した。作成に当たっては、左記の文献等を参考にした。

参考　宮本輝公式サイト「The Teru's Club」、追手門学院大学附属図書館　宮本輝ミュージアム、二瓶浩明編『近代文学書誌大系2　宮本輝書誌』（１９９２年、和泉書院）、『宮本輝　新潮四月臨時増刊』（１９９９年、新潮社）、『宮本輝の本―記憶の森』（２００５年、宝島社）、二瓶浩明著『近代文学書誌大系5　宮本輝書誌Ⅱ』（２０１２年、和泉書院）

謝辞

展覧会の開催および図録の作成にあたり、多くの機関・個人の方々のご協力、ご指導を賜りました。また、ここに記せなかった多くの方々からご協力を賜りました。深く感謝を申しあげます。（五十音順・敬称略）

北日本新聞社
宮本輝ミュージアム
追手門学院大学附属図書館
宮本　輝

紀伊國屋書店富山店
清明堂書店
BOOKSなかだ
文苑堂書店
明文堂書店

朝日新聞社
潮出版社
角川書店
幻冬舎
講談社
光文社
集英社
新潮社
宝島社

筑摩書房
中央公論新社
文藝春秋
ベネッセコーポレーション
毎日新聞社
読売新聞社

松竹
東映

学研教育アイ・シー・ティー
蔵王観光協会
創価大学
日本近代文学館
氷見昭和館

赤羽　仁諭
阿部　良子
池内　紀
大割　範孝
浦　奈保美
扇浦　博

小野里昌哉
小栗　康平
柏原　成光
加藤　健司
小池　秀雄
坂上　楠生
真銅　正宏
田中　和生
谷口　広樹
玉田　克宏
寺田　幹
土井野修清
二瓶　浩明
橋本　剛
林　英子
藤森　兼明
堀本　裕樹
宮下　雅子
望月　通陽
八木　光昭
山本　直美
吉田　泉
米田　憲三

宮本輝ファンクラブ「テルニスト」

鈴木眞由美、石田匡子、金井恭司、小林一朗、山下千恵子、成瀬桂子、岸本洋子、大林千永子、宮本作雄、辻明美、谷口麻子、寺田憲治、保栄茂信也、出雲真紀、平林義則、上田美樹、福岡朋子、芦田美緒子

宮本 輝

人間のあたたかさと、生きる勇気と。

２０１７年10月14日発行

編・解説　高志の国文学館
〒９３０-００９５ 富山市舟橋南町２番22号
電　話　０７６（４３１）５４９２

姫路文学館
〒６７０-００２１ 姫路市山野井町84番地
電　話　０７９（２９３）８２２８

発 行 者　板倉　均

発 行 所　北日本新聞社
〒９３０-００９４ 富山市安住町２番14号
電　話　０７６（４４５）３３５２
ＦＡＸ　０７６（４４５）３５９１
振替口座　００７８０-６-４５０

編集制作　北日本新聞開発センター

印 刷 所　山田写真製版所

定価はカバーに表示してあります。

ISBN 978-4-86175-101-1 C0091 Y1800E